T0268211

ANTONIO

LARGO RECORRIDO, 197

Beatriz Bracher
ANTONIO

TRADUCCIÓN DE JUAN CÁRDENAS

EDITORIAL PERIFÉRICA

PRIMERA EDICIÓN: marzo de 2024
TÍTULO ORIGINAL: *Antonio*

La presente publicación ha sido beneficiaria de una de las ayudas
a la Edición convocadas por la Consejería de Cultura, Turismo
y Deportes de la Junta de Extremadura.

© Beatriz Bracher, 2007
c/o Agência Literária Riff Ltda.
© de la traducción, Juan Cárdenas, 2024
© de esta edición, Editorial Periférica, 2024. Cáceres
info@editorialperiferica.com
www.editorialperiferica.com

ISBN: 978-84-10171-03-9
DEPÓSITO LEGAL: CC-33-2024
IMPRESIÓN: Kadmos
IMPRESO EN ESPAÑA – PRINTED IN SPAIN

La editora autoriza la reproducción de este libro, total
o parcialmente, por cualquier medio, actual o futuro, siempre
y cuando sea para uso personal y no con fines comerciales.

Cuando le preguntaban por sus hermanos, Teo decía: «Somos cinco, pero uno de nosotros murió». Si el interlocutor fruncía el ceño, Teo movía la cabeza y aclaraba: yo no lo conocí; era el mayor y murió cuando apenas era un bebé.

Estudiamos juntos desde pequeños, me hice amigo de la familia, pasaba mucho tiempo en aquella casa. Cuando todos eran niños y adolescentes, la casa era muy alegre, muy diferente a la que tú conociste. Tu abuela Isabel, además de trabajar y ganar dinero dando clases en la facultad y en el colegio, se ocupaba de todo y ponía el desorden a raya. Xavier era editor, escritor, periodista y dramaturgo, así que imagino que el dinero del día a día venía más del trabajo de Bel y, por lo que sé, de los restos de una herencia. Vivían en Butantã, en una casa que había sido del padre de Xavier, tu bisabuelo médico. Cuando yo era pequeño, no había muchas casas en esa calle, aquélla debía de ser de las primeras. Tú estuviste allí, no sé si te acuerdas, cuando eras un niño. Había un jardín con árboles, salones de techos muy altos y mucha luz. Los muebles que se rompían se quedaban sin reparar, desaparecían; el vacío aumentaba y el interior de la casa fue haciéndose más grande con el paso de los años. Construíamos haciendas y ciudades de juguete en el parqué y nuestras creaciones duraban meses sin que nadie las apartara. Las piezas de madera que se soltaban las usábamos a modo de muros y puentes; transformábamos las grietas de alquitrán y serrín en despeñaderos. Después vino la época de jugar con monstruos de plástico y avioncitos de madera, la época del olor a pegamento y tinta. Nuestro futbolín debió de permanecer en pie hasta la demolición de la casa. Luego aparecieron unos almohadones en los que nos pasábamos las horas tumbados comiendo tostaditas de pan sueco con requesón. Nadia Comaneci en las Olimpiadas del 76 y Sônia Braga en *Dancin' Days*. Las paredes estaban llenas de estanterías con libros, carpetas, recortes de periódicos y fotografías pegadas con celo. Aquel lugar tenía algo de búnker, a la vez que era el exacto reverso de un búnker, claro, con toda esa luz, el viento, los libros, la televisión, la guitarra, los bizcochos, como para sobrevivir allí años y años en caso de que estallara una guerra nuclear.

Nunca vi ninguna foto del hermano muerto, y tu familia no daba la impresión de cargar con una muerte así en sus inicios. A Bel le gustaba contar historias de sus hijos pequeños y jamás hablaba del niño fallecido. Hasta llegué a pensar que se trataba de un cuento gótico de tu padre. Un día, cuando acababa la fase de los almohadones y la marihuana, me atreví a preguntar por aquel hermano. Tu padre dejó de arpegiar con la guitarra, se puso muy serio y me contó lo siguiente: «Hasta la semana pasada ni siquiera yo lo sabía con certeza. Había oído que mi padre siempre respondía: "Tengo cinco hijos, pero uno murió". Y empecé a responder de la misma manera: "Somos cinco, pero uno murió". Sabía que ese hijo había existido antes del matrimonio con mi madre, una cosa de juventud. Me parecía que había algo heroico en esa frase, al menos para nosotros, los supervivientes. Y algo también sobrenatural, porque él decía *tengo*, y no *tuve*; los cinco siguen presentes. Hace una semana estaba hablando con Helinho por teléfono y le dije entre risas: "Ahora somos cinco, pero uno murió". Creo que lo dije por Rafa, que decidió no venir a jugar al futbolín hasta que no aprobara los exámenes de ingreso en la carrera de Medicina. Mi padre andaba por allí cerca, oyó mi comentario y me llamó para preguntarme por qué me burlaba de un asunto tan grave en un contexto ordinario. Ya conoces a mi padre, sabes cómo se pone cuando se toma algo muy a pecho».

No sé si te acuerdas de tu abuelo. Tu abuelo te adoraba. Xavier era una persona especial. Con él todo se convertía en chiste y provocación, hasta para hablar de sus fracasos. Siempre andaba inventándose nuevas maneras de ganar dinero con el teatro y la literatura. Una vez se le ocurrió hacer libros baratos para venderlos en puestos ambulantes y quioscos. Libros con sexo y suspense, mujeres sensuales en las cubiertas y «mensajes metafísicos entre líneas». Lo cierto es que no se vendían mal, eran graciosos y nada metafísicos, pero Xavier siempre se las arreglaba para perder dinero y endeudarse. También tuvo una época de musicales, teatro, circo itinerante y danza. Pagaba anuncios en los periódicos para promocionar un curso de teatro en el que se prohibía la presencia de profesionales. No quería saber nada de talleres de interpretación. Le gustaban los magos y las piruetas, el maquillaje, los disfraces y las plumas, y, por supuesto, la música: las fanfarrias, los solos de chelo, las tonadas campesinas, la samba cantada a capela y la música de los indios, con ese zapateo seco. Reunía a la gente en el garaje de la casa y montaba un espectáculo ambulante con varios movimientos unidos por un hilo invisible. En los años setenta consiguió escenificar algunas de aquellas piezas. Se representaban en la calle a las seis de la tarde y pasaban por las paradas de autobús repletas de gente, por las puertas de las fábricas a la hora del cambio de turno. Quienes asistían al espectáculo formaban parte del hilo invisible, pero hasta el final no se daban cuenta. Yo fui una vez a una obra en la que Teo participaba como músico y me pareció impresionante, como un viento, como un sueño. Pese a que tenía cosas de teatro de revista, circo y saltimbanquis, el espectáculo se hacía dulce, casi un paisaje. Era todo lo opuesto al Teatro del Oprimido: era el teatro de la liberación, descomprimía las calles y el corazón del público. Nadie ganaba dinero con aquellas obras, mucho menos él, que siempre perdía hasta el último centavo. Por eso nunca renunció a su oficio de periodista y de crítico de arte en diarios y revistas. Trabajaba como un burro y a la vez sentía devoción por el ocio, siempre haciendo bromas pesadas que, conforme crecíamos, avergonzaban cada vez más a sus hijos.

Por eso, cuando se ponía serio, pero serio de verdad, no arrogante ni megalómano, sino grave, todos se quedaban espantados. Cambiaba de color, como si la sangre le corriera distinto por las venas; todos lo escuchaban en silencio, con ganas de salir corriendo. Y él, siempre tan elocuente, ahora balbuceaba.

«Fue entonces –prosiguió Teo– cuando me contó que él, mi padre, Xavier Kremz, había sido, antes que nada y para siempre, el padre de su hijo muerto, Benjamim dos Santos Kremz.» Sí, sí, exactamente tu nombre. Tu mismo nombre. Espera y te cuento: me acuerdo de todo lo que me dijeron, aunque no sé mucho. Tengo una memoria endiablada y creo que por eso mismo tengo éxito en mi trabajo, anuncios, *jingles*, guiones, un plagiador profesional; por eso también recordaba que tu nombre era el mismo de aquel hermano muerto, el nombre del certificado que acabas de ver. En aquella época no se me ocurrió jamás que tu madre podía ser la misma. Al fin y al cabo, dos Santos es un apellido bastante común. Lo impresionante es que lo que viste en los certificados, que tanto te afectó, los papeles que Leonor encontró y que fueron la razón de que te llamara, lo que te ha traído aquí, todo esto es verdad. O eso parece. Quiero decir: tu madre, Elenir, se casó con tu abuelo y tuvo con él un hijo que murió, el primer Benjamim. Un disparate del que me acabo de enterar yo también; Leonor me lo contó justo antes de viajar. Una cosa de veras muy loca. Para tu abuelo, Elenir era Lili, y para tu padre, Leninha.

Uno empieza a desenredar al menos una parte del nudo cuando mira en retrospectiva todo lo que pasó. Esa conversación de *somos cinco* tuvo lugar un poco antes de que tu padre resolviera viajar a Minas. Él estaba muy conmovido y hablaba del tema en voz muy baja. «Me dijo que nunca me había contado la historia de Benjamim porque no se trataba de un simple cuento, como sus proyectos o como las travesuras de los niños y las angustias de unos padres jóvenes. No, era la historia de cómo él, Xavier, volvió a la vida, un renacimiento a la vida adulta y verdadera, un parto en el que su hijo tuvo que morir.» Yo no lo entendí, o dije que no lo había entendido, y vi que Teo se quedó dándole vueltas a mis palabras. «Yo tampoco lo comprendí muy bien, y mi padre parecía arrepentido de habérmelo contado. Le pregunté a qué edad había muerto mi hermano. Él se conmovió al oír que yo llamaba *hermano* a su hijo muerto, los ojos se le humedecieron y a mí me dio vergüenza. Respondió que ni siquiera tenía un mes, que la madre era muy joven, que hubo dificultades en el parto, que se usaron mal los fórceps, que dañaron el cráneo del bebé, que quedó con muchos problemas y murió antes de cumplir un mes. Deduje que aquello lo seguía carcomiendo.» Nos quedamos en silencio. Teo no se emocionaba fácilmente, al contrario, menospreciaba a los sentimentales; el llorón del grupo era yo y a menudo tenía que sufrir su sarcasmo. Teo era muy exigente consigo mismo; siempre estaba en guardia contra la cursilería, pero necesitaba compartir con alguien lo que Xavier le había contado. Buscaba las palabras exactas.

«¿Sabes algo? Es como si mi padre me hubiera confiado un secreto que yo ya conocía. Como si mi padre hubiera levantado el velo para dejarme ver un rostro desconocido cuya presencia, no obstante, me era del todo familiar. Me habló sobre el amor, sobre la capacidad de estar realmente cerca de los demás, sólo que aquella vez no era ni teatro ni lección: era la realidad misma. Me habló de sus sentimientos y del rumbo que le habían marcado el nacimiento y la muerte de Benjamim. Me contó que la madre de ese hermano era una mujer especial, que después de todo lo sucedido no fue capaz de seguir en su despacho de abogados, que necesitaba empezar de nuevo. Él quería seguir hablando, cada vez menos locuaz, y yo aproveché para huir, me fui de inmediato. Por su modo de hablar, se diría que yo tenía algo que ver con aquel primer hijo, una cosa medio disparatada. Y empalagosa también. En aquel momento me dio rabia, no sé muy bien por qué. Si era tan importante, ¿por qué nunca me lo había contado? Y claro que es importante, quiero decir, un hermano muerto, nunca había pensado en eso, de verdad. Después me dio tristeza, como si el tal Benjamim acabara de morir unos pocos días atrás. No sé, siento que los otros hijos ocupamos su lugar y, para colmo, ni siquiera mencionábamos su nombre en casa. Y, sin embargo, en el corazón de mi padre parecía tener un peso mucho mayor que nosotros. Una cosa muy extraña. Siempre será el hermano más viejo y a la vez el bebé: está muerto y sigue vivo cada vez que nuestro padre nos mira.»

Y, Benjamim, déjame que te diga algo: lo más extraño es que una historia así, justo en aquella casa, no fuera conocida, comentada, destripada y machacada hasta los huesos, porque allí se hablaba de todo, todo se discutía, nada ni nadie estaba a salvo. Supongo también que era una creencia de la época, la creencia de que teníamos la obligación y el poder de eliminar los tabús, que la palabra tenía esa facultad. En casa de Teo todos tenían una opinión sobre cualquier tema y a veces las discusiones terminaban a gritos; otras veces se resolvían consultando la enciclopedia, el diccionario, los libros y en algunos casos concluían con un cierre intempestivo de Xavier que nadie comprendía del todo, sólo que a esas alturas ya estábamos hartos y no contestábamos. Tus tías Flora y Leonor eran las chicas más modernas que yo conocía. Creo que aquélla fue la primera casa donde vi que las parejas de los hijos se quedaban a pasar la noche y cualquiera podía fumar a sus anchas lo que le diera la gana. Había una efervescencia de ideas, una obligación de permanecer abierto al mundo, de someter todo a análisis, a la curiosidad y al gusto. Con toda esa carga de cultura y libertad, yo disfrutaba en calidad de simple visitante, con una casa bien amueblada a la que poder escapar llegado el momento.

Teo era el menor. Flora ya trabajaba. Henrique y Leonor estaban en la facultad y él, en el año de los exámenes de ingreso, no tenía la menor idea de qué hacer con su vida. Aprobar los exámenes no era el problema; en aquel entonces no era tan difícil como hoy y todos en la familia eran medio genios. La dificultad estaba en elegir qué hacer. Teo era el tipo más talentoso de nuestro grupo: escribía, dibujaba, componía música, tocaba instrumentos, hacía de todo y todo lo hacía bien. Desde la escuela primaria era muy bueno en matemáticas, varios niveles por encima de los otros alumnos, todo se le daba bien. Tal vez por eso mismo tenía tantas dudas y la verdad es que en el último año venía esforzándose por ser un mal alumno. Después de aquella conversación con su padre, parece que se le juntaron varios cables sueltos en la cabeza, cosas que tenía ya de antes con nuevas fantasías, y decidió que no iría a la universidad. Estaba harto de São Paulo y quería tomarse un tiempo para él, viajar, conocer las pampas del interior, cosas que, si bien hoy no tienen mucho sentido, entonces formaban parte de nuestras posibilidades.

No, Benjamim, no creo que tu padre se hubiera marchado al campo a buscar a tu madre. Fue una coincidencia. No conocí a Elenir, pero la imagino una mujer bonita, con un talante que tenía mucho que ver con la naturaleza de los Kremz. Tampoco creo que la intención de Teodoro fuera pagar por la pena de su padre, como quien purga un pecado, sobre todo porque nunca hubo pecado alguno. Cuando Xavier hablaba del año que pasó con Elenir sonaba a un amor ya superado, a cosa resuelta. La verdad es que no sé por qué se separaron. Conociendo a Xavier, estoy segura de que él no la abandonó, aunque él nunca contaba bien esa historia, al menos a mí. Digo que no la abandonó porque él discutió con sus padres, se fue de su casa, no aceptó ninguna ayuda, precisamente para estar con ella. Elenir era una muchacha sencilla que vivía en São Paulo sin sus padres; creo que por entonces tenía quince años. Muchos amigos se distanciaron de Xavier. Lo sé porque Haroldo me lo contó y porque el caso fue muy comentado en toda la ciudad. Haroldo fue compañero suyo en la São Francisco,[1] de los pocos que siguieron siendo sus amigos. Creo que Haroldo conoció bien a tu madre. Mira cómo son las cosas: si hoy en día un joven de familia rica dejara embarazada a una chica pobre, los amigos lo condenarían en caso de que no se hiciera cargo de su hijo y no ayudara a la joven. En aquella época sucedía todo lo contrario. La familia y algunos amigos insistían en que ella «se diera maña», como se decía entonces, o que volviera a su ciudad con algo de dinero y listo, que no se hablara más del asunto. Xavier estaba enamorado de tu madre: no era sólo por responsabilidad. Ésa es la historia que él contaba.

Imagino que Elenir saltó del barco porque no pudo aguantar la tristeza de Xavier. Tu abuelo siempre fue un hombre de sentimientos muy intensos, difícil de contener hasta en su alegría. Soportar sentimientos así de fuertes no es nada fácil. Ella era muy joven, una muchacha común y corriente, huérfana de padre y madre. Tú, Benjamim, también naciste huérfano de madre, pero tuviste a tu padre y después a mí, tuviste una familia. Tu padre, a pesar de todo... No sería justo decir que él te abandonó porque lo cierto es que él se abandonó a sí mismo: a estas alturas ya deberías ser capaz de discernir la diferencia. Tal vez para un hijo eso sea

---

[1] Nombre coloquial que recibe la Facultad de Derecho de la Universidad de São Paulo debido a su emplazamiento, en Largo de São Francisco. [Todas las notas son del traductor.]

justamente lo que resulta imperdonable; cuando tengas mi edad, cuando estés llamando a las puertas del purgatorio desde una habitación de hospital, quizá seas capaz de comprender mejor lo que pasó. Sólo puedo imaginar lo que debió de ser para Elenir. Es posible que, con quince años, buscara un padre de familia y estoy casi segura de que ése fue también el deseo de Xavier. Estoy diciendo una cosa muy banal en el fondo: él también buscaba en Elenir la familia que nunca tuvo. Tu bisabuela era una señora absolutamente correcta, inteligente, generosa, elegante y discreta. Y tu bisabuelo fue un gran científico, un famoso médico higienista, soñador de hospitales, deseoso de cuidar a la humanidad entera. Es muy probable que Xavier experimentara una especie de renacimiento después de todo ese asunto con Elenir, tras la muerte del pobre niño. Es una imagen plausible del pensamiento de Xavier y cuadra bien con la cabeza fantasiosa de Raul. Pobre niño. Tener que cargar con la condena de ser el padre de sus padres, tener que dar a luz a dos adultos: un peso demasiado grande para ese pedacito de ser humano.

Nosotros no sabíamos que tú eras hijo de Elenir. Cuando naciste y tu madre murió, Teodoro no nos contó nada. Apenas nos dijo que tu madre se llamaba Leninha y que trabajaba en el hospital donde lo internaron tras un acceso de malaria, o lo que fueran aquellas fiebres y delirios de los que sufría. Yo no sabía que estaba enfermo, en realidad no tenía ni idea de dónde andaba Teo. De vez en cuando escribía o llamaba por teléfono, decía que estaba recorriendo los caminos de Guimarães Rosa y poniéndose al día en los últimos estilos de guitarra. Eso fue al principio del todo. Luego dejó de llamar, escribía muy poco y desde lugares diferentes. En las primeras cartas parecía muy entusiasmado con su nueva vida. Decía que se acordaba mucho de Vanda, la niñera de todos ellos, que por allí se oían las mismas historias que se sabía desde pequeño, las mismas canciones de cuna. En las primeras vacaciones de verano Raul fue a visitarlo. Dijo que Teodoro estaba bien, muy alegre, que tenía el pelo corto y hablaba con acento mineiro, que tenía planes de sentar la cabeza allí. Nunca imaginé que con «sentar la cabeza» se refiriera a una familia. Tenía apenas dieciocho años. Raul no contó nada sobre el accidente en el barco ni de la desaparición de Teodoro.

Teo andaba un poco perdido cuando se fue de São Paulo. A mí hasta me pareció buena idea que se fuera de viaje, que encontrara su camino. Teodoro fue siempre el hijo que menos se parecía a su padre. Desde pequeño era muy organizado: tenía sus cosas en orden; era él quien me recordaba los horarios de las clases, la hora de un medicamento o cuándo cortarle las uñas. Supongo que ésa era su manera de sobrevivir siendo el menor. Con quince o dieciséis años empezó a dar clases particulares y a ganarse su propio dinero. Habríamos podido ayudarlo en aquel viaje, pero él nunca nos lo pidió. Decía que le iba muy bien, que le daban trabajo en las ciudades por las que pasaba y que todavía le quedaban ahorros. Debía de alimentarse muy mal, pero nunca fui capaz de preguntárselo, ni en las cartas ni en las pocas llamadas telefónicas; la verdad es que tampoco me obsesionaba con la comida y la salud de mis hijos. Teníamos esa idea, aun después de todo lo que sucedió: sigo creyendo que la libertad es lo más importante para la formación de cualquier persona, incluso la libertad de morir, porque sin ese riesgo no somos señores, sino esclavos. Crie a mis hijos así y tú lo sabes, Benjamim. Me gusta pensar que tu madre también era una persona libre, y bien harías en cultivar ese pensamiento, nieto mío, en lugar de todo ese miedo y esa rabia.

En fin, volviendo a la historia… Teodoro estaba entusiasmado con la música y con la gente con la que se iba encontrando en el viaje. En eso sí se parecía a Xavier: no tenía espíritu evangelizador. El converso era siempre él. Ahora eres mayor de lo que era tu padre cuando tú naciste. Hoy todo es diferente: cuesta explicar estas cosas y, para ser sincera, ya no sé si los idiotas éramos nosotros o vosotros, porque hoy en día son todos medio flojos, sin sal y sin sustancia. Nosotros creíamos que el mundo estaba a punto de transformarse y que nosotros éramos agentes de esa transformación. Hoy en día nos ven como unos imbéciles. En todo caso, es importante que tengas en cuenta la idiosincrasia de la época para entender lo que te digo.

Teodoro, pese a ser el menor, era el más adulto de mis hijos; yo confiaba en él y nunca temí por su futuro. Si él creía que podía quedarse viajando por los llanos del interior a mí no me cabía duda de que así debía ser. Y, si tu madre hubiera sobrevivido, no veo razones para dudar de que ella habría sido la persona indicada para él. Ser joven, viajar, encontrar el amor de la vida, formar una familia, tener hijos y punto: eso es la vida, de hecho, la mejor parte de la vida. Tú lo estás viviendo ahora y sabes que es así. Tu mujer está embarazada, sois una pareja de enamorados, estáis pensando en el nombre de vuestro hijo, imaginando qué cara tendrá. ¿Le vais a poner Antonio? Sí, me gusta. Un nombre serio, abierto. Dices que tu madre era mucho mayor, más de cuarenta. ¿Y qué? Ellos se querían, ¿no? La locura de Teodoro vino mucho después. No fue la locura lo que lo condujo a vivir con tu madre, no creo. Xavier también era un tipo fuera de lo normal. Conmigo fue capaz de llevar una vida productiva, criar a cuatro hijos, hacer feliz a mucha gente.

Xavier siempre fue un niño, toda la vida. ¿Recuerdas cuando venías a pasar las vacaciones aquí, con tres o cuatro años? Él ya tenía el enfisema muy avanzado y al final fue todo muy doloroso. Tuvimos que vender la casa; probamos con tratamientos caros, pero ya no había remedio. Imagino que por eso tu padre decidió traerte: quería que su padre conociera a su hijo. Sabía que eso haría muy feliz a Xavier. Y sin duda fuiste un rayo de luz para tu abuelo, una puesta de sol, más bien. Le bastaba con verte o con oír tu voz para que su demacrado rostro se le iluminara. A esas alturas ya había nacido Fábio, el hijo de Henrique, pero para tu abuelo eras un nieto diferente. En las últimas vacaciones debías de tener unos cuatro años; era un junio especialmente seco y él ya no tenía fuerzas para caminatas muy largas. Un día tu padre y tu primo te llevaron al zoológico y Xavier insistió en acompañarlos. Y la verdad es que cuando estaba cerca de ti se sentía mejor. Pero era sólo un deseo, por supuesto, la ilusión de tener algo de vida restante para compartir contigo. Recuerdo que volvió exhausto de aquel paseo y tonto de felicidad. Me di cuenta de que eso no le hacía bien y le pedí a Teo que se marchara y te llevara con él, porque tu abuelo no iba a resistir aquel trote. Murió una semana después y Teodoro ni siquiera vino al entierro.

Tal vez Xavier supiera quién eras tú y eso lo ayudó a morir en paz. Pero tampoco estoy segura. No. Esto no es una de esas bonitas novelas de enredos donde tu madre es la heroína y a mí me toca asumir el papel de la tonta que ayuda a su amado a sanar las heridas. No, no es así, Benjamim. Esta es la historia de nuestras vidas y la historia todavía no acaba, no se va a acabar. Crear ese lugar para tu madre, el relato de tu padre y tu abuelo, como si no hubiera sucedido nada entre un Benjamim y otro, como si la vida en ese intervalo no hubiera sido sino un agujero, un lapsus, un vacío entre un amor perdido y el reencuentro de ese amor… No, no es así. Podrá tener sentido, pero es un sentido muy pobre, no somos literatura, querido Benjamim. Mucho amor, esperma, sangre, risas, odios, muertes, enfermedades, catarros, gases, baños, remedios, médicos, escuelas, exámenes, guitarra, inglés, natación, ballet, empleadas, niñeras, uñas cortadas, cepillos de dientes, golpes, yodo, piojos, cataplasmas, mercromina, llantos, velorios, vacaciones, playa, caballos, caídas, alegrías, trabajo, salarios, herencias, mucho, mucho tiempo transcurrió entre un encuentro y el otro. Y tú también eres todo eso que pasó entre medias. Algo mucho más complicado que una simple historia de amor.

Fue en 1949, no, en el 50, en el último año de facultad. Tu abuelo era el mejor alumno de nuestra cohorte de la São Francisco, presidente del Onze de Agosto –el órgano de representación estudiantil de la Facultad de Derecho–, político carismático, poeta con tablas, un tipo con ambiciones filosóficas, ya empezaba a cortejar a tu abuela. Isabel Belmiro era lo más de lo más. Una muchacha moderna que leía de todo, tenías ideas muy avanzadas, frecuentaba los bares con los compañeros y era de buena familia. Es mentira que ella no conociera a Elenir. La conoció, claro que sí, pero ella prefiere disimularlo. O no quiso conocerla, algo más acorde con el refinamiento de mi querida amiga. Sucede que Xavier era muy enamoradizo, fue así toda la vida. Se enamoraba de cualquier cosa, de una esquina, del detalle de un edificio, del lóbulo de la oreja de un anciano: así de excéntrico era. Siempre lo fue. Isabel era exuberante, reinaba en todos los círculos con sus ademanes masculinos y su labia de intelectual francesa. Literalmente, se los llevaba a todos de calle. No en el sentido en que te lo estás imaginando, no me refiero a eso: ahí también radicaba parte de su encanto. No era una mujer fácil, sino arisca y generosa. Hoy por hoy es así, sigue siendo la misma. Un poco más lenta, claro, setenta y cinco años no es cualquier cosa, pero sigue siendo la mujer independiente que era entonces.

Dices que quieres saber sobre Elenir. Fue Isabel quien me llamó por teléfono para explicarme, porque, siendo francos, yo no sabía nada. ¡Qué cosa!, ¿eh? ¡Madre mía! O sea: tú eres el hijo que Elenir tuvo con el loco del hijo menor de Xavier. La misma Elenir que hundió a mi amigo en 1950. ¿Cuándo naciste tú? En el 79. Claro, ella debía de tener unos quince o dieciséis cuando conoció a Xavier. Yo a tu padre lo conocí cuando él era apenas un niño y luego lo volví a ver cuando, carcomido por la enfermedad, ya había enloquecido y le hacía la vida imposible a mi amiga Isabel.

La verdad, no frecuenté mucho a Isabel y Xavier después de su matrimonio: la vida nos llevó por caminos diferentes. Después de Elenir, Xavier cambió completamente el rumbo, se volvió un terremoto. Como éramos muy amigos, nos veíamos con cierta asiduidad, pero nuestras familias nunca se hicieron muy íntimas. Yo me dediqué al Derecho, me hice abogado, profesor en la São Francisco, tengo mi despacho, me casé con Fernanda y criamos a una familia más convencional en comparación con la de Isabel y Xavier. Pese a todo, continuamos siendo amigos hasta el final. Me acuerdo de una vez en que lo visité, todavía en la casa vieja; había tenido algún tipo de crisis y estaba en cama. Creo que eso fue antes de que tú nacieras. Echaba de menos a su hijo, aunque decía que no, pues cada uno debe seguir su propio camino, pero era evidente que lo extrañaba. Al fin y al cabo, era un hombre muy hogareño, muy ligado a la familia. Creo que no llevó bien que la casa empezara a quedarse vacía. En aquella visita, me acuerdo, me enseñó un retrato de Teodoro. La misma cara de Xavier cuando éramos estudiantes. Los mismos hombros, la misma mirada, el color de la piel, todo igual. Tu madre debió de llevarse un buen susto.

Elenir era una criatura inteligente, alta y muy delgada: parecía una muñeca. Lo recuerdo bien. El pelo, liso y oscuro, largo y abundante como el de una muchachita; la piel, morena; los ojos, almendrados y verdes. Debía de tener sangre indígena. Tenía la piel aceituna y todo en ella dibujaba un ángulo agudo, los codos, las rodillas, la barbilla. No era una belleza que llamara la atención, pero una vez que la descubrías era difícil dejar de admirarla. Lo que Xavier sintió por ella fue amor a primera vista. Pero a Xavier le ocurría eso con todo y ella no supo entenderlo de la misma manera. Elenir era inteligente, pero no era de aquí. Es más, no sé de qué planeta venía Elenir. Con quince años cursaba la enseñanza media y era rápida con los razonamientos complejos, pero en las cosas más elementales de la sociedad parecía medio tonta. No se trataba de la timidez del campesino ni de un pudor de beata, no. La muchacha no era tímida, sino seria de un modo muy raro para una mujer.

Xavier estaba terminando la carrera y hacía prácticas en un despacho de la calle Riachuelo; siempre iba de corbata, un hombre muy vistoso. Ya sabes, basta evocar a tu padre, uno de esos tipos que llaman la atención de las mujeres. Sin embargo, no era un donjuán. Por supuesto, andábamos con chicas, pero era otra cosa. Quiero decir que Xavier era un muchacho respetuoso, solamente le gustaba juguetear un poco y, si se presentaba la oportunidad, robaba un beso, una caricia inocente, nada serio. Elenir no advirtió eso. ¿Comprendes lo que sucedió? Es difícil hablar contigo. En primer lugar, porque eres hijo de ella y porque, aparte de eso, cada vez que le cuento cosas de mi juventud a un joven de hoy siento que tengo que estar pidiendo disculpas todo el tiempo, excusándome quién sabe por qué. No sé qué clase de vírgenes vestales son las que parimos. Que sea así con las jovencitas, vale, pero con mis nietos es la misma cantinela. Ya nadie se acuesta con la empleada, con la hija de la lavandera, con las maestritas de escuela. A vosotros todo eso os suena abyecto. Una panda de dandis petulantes: eso es lo que sois. Será carne fácil, es cierto, será vulgar, pero es la verdad. Hoy en día, pobre de la muchacha que no se vaya a la cama con el primer novio. Ni siquiera hace falta que sea su novio. Para no ir más lejos, mira cómo andan las chicas en este club, mira la ropa: es una provocación y ellas ceden, no hace falta ser el novio. A todas luces, no me refiero a un viejo como yo, está claro, ahí ya no es tan fácil. En fin, ya sabes qué quiero decir. En Río debe de ser todavía más fácil. No solía ser así y todo era, déjame decirte, más divertido.

Eres hijo de Elenir, pero eres un Kremz, un hombre, no un niño grande. Si viniste a buscarme es porque quieres saber. En todo caso, lo que ocurrió no tuvo nada que ver con eso. Tu madre no era lavandera ni empleada. Como te decía, ella parecía recién llegada de otro planeta. ¿Alguna vez conociste a tus abuelos maternos o a tus tíos? No. Pues es lo que trato de decirte. Creo que Elenir era hija de algún señor del interior y probablemente, después de la muerte de su madre, terminara aquí viviendo de favor, estudiando en un colegio de monjas para niñas pobres. Era inteligente y muy despierta, fue persistente y, cuando Xavier la conoció, tenía planes de terminar el bachillerato y entrar a la Facultad de Medicina. Óyeme bien, era alguien de verdad muy peculiar, nada de Pedagogía, Enfermería o Letras, no: quería estudiar Medicina. Vivía en una residencia de estudiantes y trabajaba a medio tiempo de asistente en el despacho en el que tu abuelo era becario. No sé cómo empezaría la cosa. Puedo imaginar a Xavier coqueteando con la chica, llevándole caramelos un día, una cinta para el pelo al día siguiente. Los imagino tomando un café después de un juicio. Sé que a Elenir le gustaba leer y que él le regaló algunos libros de poesía, quizá hasta leyeran juntos. Pasó como suele suceder, no hay mucho misterio. No sé qué planes tenía Xavier, que no era ningún idiota, así que dudo que quisiera llevar las cosas más lejos. Estaba encantado con ella, es cierto, pero era una fascinación juvenil, lo sé porque éramos muy amigos; a veces iba a buscarlo al despacho y así fue como pude darme cuenta de lo que estaba pasando. Yo era un poco bala perdida y mi amigo lo sabía, éramos muy compinches. En cuanto vi a la chica me puse a desplegar mis encantos. Por la reacción de Xavier me di cuenta de lo que sucedía y supe así que la cosa era más seria de lo que él mismo suponía.

El caso es que Xavier dejó de salir con los amigos; ya no iba a los lugares de siempre. Abandonó el órgano de representación estudiantil con la excusa de que tenía que estudiar para los exámenes finales y ya no le quedaba tiempo libre. Consiguió un puesto fijo en el despacho y estaba hasta arriba de trabajo. Pero yo sabía que no era sólo eso. Como te decía, él siempre fue un tipo raro. Los amigos cercanos, sin embargo, nos dimos cuenta de que aquello no era una más de sus tantas rarezas. Su humor oscilaba: una mañana podía despedirse de toda la facultad prodigando besos y abrazos, muerto de risa y, por la tarde ese mismo día, meterse en una pelea fea, hasta el punto de acabar con la nariz sangrando. Luego comenzó a agobiarse, casi no dormía, decía que era por el trabajo. La verdad es que ya había decidido casarse y estaba ahorrando dinero.

Una de aquellas noches logré pillarlo de buenas y estuvimos conversando hasta bien entrada la madrugada. Aunque bebimos mucho, me acuerdo de sus palabras. Tenía plena conciencia de la locura en que se estaba metiendo, pero no veía otra salida, no quería otra salida. El problema era la mezcla de un fantasioso y quimérico sentido de la honra con unos celos enfermizos. Fue ahí cuando, con mucha tristeza, me percaté de que el detonante de aquellos dos sentimientos patológicos había sido mi actitud frívola con Elenir en aquel primer encuentro. Sin embargo, yo no hice nada distinto de lo que él mismo había hecho meses atrás con ella. Me comporté del mismo modo en que todos los futuros abogados coqueteaban entonces con las asistentes bonitas de sus despachos. Verse a sí mismo, pero sobre todo ver a Elenir, con mis ojos debió de mortificarlo. Y eso no es una suposición: él mismo me lo confesó. Dijo que en aquel momento comprendió el error que estaba cometiendo y que se moriría si persistía en dicho error. Palabras de Xavier, que era así de grandilocuente. Todos lo éramos. Formaba parte de nuestro cinismo juvenil. Sólo que en este caso Elenir había logrado castrar el cinismo de mi amigo, que se convirtió en un niño en sus manos y, al mismo tiempo, se volvió un hombre feroz a la hora de proteger a su amada del desdén social y de la lubricidad de otros machos.

La boda se celebró en una pequeña capilla decorada por las monjas. Creo que no pudieron casarse por lo civil porque ella era menor de edad y no había ningún responsable que pudiera avalar su emancipación. Lo que a Xavier le importaba era demostrar la honradez de su amor. No sé ante quién, y es posible que me equivoque. Así fue como yo lo entendí en su momento. Después de casados, en el suburbio donde vivieron casi durante un año, comprendí que eran una pareja feliz, quizá excesivamente feliz. Lo más justo sería decir que Xavier se casó porque estaba enamorado, algo más complejo que la clase o la honra. En cuanto a Elenir, no sabría decir qué pretendía, lo confieso.

Ella no pudo seguir estudiando por culpa del embarazo. No sé si ella se casó estando ya embarazada: eso es lo que se rumoreaba en la época y que el motivo del matrimonio era ése. La gente chismorreaba que ella debía regresar a su tierra y parir a su hijo tal como la habían parido a ella, groserías de ese calibre o peores. No sé bien si ella estaba embarazada o no, pero Xavier se iba a casar de todas maneras. La casita a la que se mudaron era un primor, con pocos muebles, todo muy sencillo; Xavier rompió con sus padres y se mantenía con el salario de abogado principiante. Elenir tenía buen gusto y era una muchacha dedicada, al estilo antiguo de las alumnas de los colegios de monjas, muy ingeniosa y capaz de arreglárselas con poco; hizo cortinas con tejidos coloridos y bordados, fabricó lámparas con alambres y telas claras, pintó paisajes pequeñitos en las paredes. En el cuarto reservado para el bebé pintó pajaritos y estrellas en el cielo raso. Elenir tenía talento. Creo que era la primera vez que tenía una casa, y parecía muy feliz. No como una burguesita que hubiera cumplido el sueño de su vida; más bien era como una niña de vacaciones, agradecida de poder mimar a su marido, de preparar el nido. Decía que ésas eran sus vacaciones, que después del nacimiento de su hijo retomaría los estudios y se haría médico, como quien justifica un espacio de felicidad inmerecida. Xavier estaba hecho un imbécil, completamente idiota. En la oficina tenía más energía que nunca, pero apenas daban las cinco salía corriendo a casa, junto a su Lili. Los visité pocas veces, siempre sin invitación. Confieso que sentía una curiosidad casi obscena por aquella pareja, por saber cómo terminaría la historia. No sé explicar por qué, pero era evidente que aquello no podía durar mucho. La alegría, el embarazo y quizá la actividad sexual diaria habían hecho de Elenir una mujer muy seductora. Ella florecía, su vientre iba creciendo y Xavier expulsaba poco a poco a los amigos que habían permanecido a su lado. Ya no era una cuestión de celos, sino un desinterés absoluto por cualquier cosa que no fuera Elenir. No había espacio para nadie más en aquella casa.

Tras el nacimiento del niño, vinieron los días en el hospital, el regreso a casa y de nuevo al hospital. En el entierro de Benjamim, Elenir estaba otra vez muy delgada, pero ya no era la delgadez de una niña. Se había convertido en una mujer seria, hermética. No lloraba, recibía enteros los pésames con el aplomo debido. Nunca volví a verla. Xavier, por el contrario, estaba roto en pedazos, un amasijo de harapos humanos. Se encerró solo en la casa y no recibía a nadie. Acuchilló los manteles, las cortinas, las lámparas y los cojines de la casa, y rasgó todo con los dientes. Descascarilló las paredes; los paisajes y los pajaritos de Elenir los arrancó directamente con las uñas. Le sangraban las manos. Escribió alucinaciones y pesadillas en las paredes, en los jirones de las sábanas, en cuadernos y libros que encontraba por ahí. Logré entrar a aquel infierno sólo tres veces. La última, acompañado de enfermeros, para sacar de allí a mi amigo e internarlo en un sanatorio. Nunca vi un lugar más lúgubre en toda mi vida. Después de aquello no volví a usar esa palabra, *lúgubre*, para describir ninguna otra situación.

Carmem se levanta muy temprano para llevar a los niños al colegio y por eso es diurna; nunca aguanta despierta hasta esta hora. Si te vas a quedar en São Paulo el fin de semana podemos comer juntos. Ella quiere verte y yo quiero que conozcas a mis hijos. Le hablé de nuestras charlas; me acordé de algunas cosas, y ella me recordó otras, de Minas, del barco, en Petrolina, de cuando éramos unos muchachos. Quería hablarte únicamente de lo bueno o del final, del Teo que veo en tu rostro, en tus gestos. Pero no, no sólo hay eso, no fue así, no sólo así. Yo también tengo mis cosas.

Es difícil. Para mí es difícil y también lo será para ti, creo, si es que no lo es ya, claro, aunque lo peor fue lo que viviste junto a él, cuando estabas a su lado, ¿no es así? De cualquier modo, nada más te puedo ayudar con lo que no viviste de primera mano o con eso que yo viví desde el otro lado, con otra edad, con unos fantasmas y unos ojos diferentes a los tuyos. Para no saltarme nada lo mejor es seguir el orden natural, el orden del tiempo y de los días, y prestar oídos a las voces antiguas, la mía y la suya, la que me queda.

Hacía un año que tu padre se había marchado de São Paulo cuando nos encontramos en Minas. Me costó reconocerlo. Estaba sumamente bronceado, muy flaco; llevaba el pelo corto y sólo vestía pantalones cortos y sandalias. Parecía un joven del interior. Habíamos planeado tomar el vapor del río São Francisco con un grupo de amigos y bajar hasta Petrolina, en Pernambuco. Unos diez días antes me fui a Jequitinhonha, una ciudad pequeñita donde él vivía en aquella época. Tiempo después se marchó a Cipó, creo que buscando una vida con más horizontes que la que le ofrecía aquel pueblo agreste sin cercas. Me quedé en la casa de la familia donde él vivía, en un poblado de dos calles, una plaza chica con suelo de tierra, pasto y casas alrededor. La gente dormía en esterillas y el único plan eran las caminatas, bañarse en el río, algún que otro baile por las noches, con unas chicas que él ya conocía. Tu padre ayudaba en todo, aprendió a hacer paredes de adobe, a encalarlas; le pagaban con comida, a veces le daban algo de calderilla. Estaba flaco y feliz. Un ensimismamiento imperturbable. Costaba acompañarlo en aquel estado.

Era divertido bañarse en el río, picar el tabaco en silencio, calentarse al fuego, beber a morro de la botella y escucharlo tocar la guitarra hasta la madrugada. También el rumor de la noche, aprender a identificar los bichos por sus voces, mirar la vida con menos prisa bajo aquel cielo impresionante. Los sentidos se agudizan, esa cosa de lente macro que te da el humo, ése era el aire que respirábamos. Ayudar a castrar a los caballos, quitarles las garrapatas a las vacas, ir a buscar el agua en el río. Una vida en la que todo se hace con las manos. Me metí en aquel ambiente, pero las cosas ya habían cambiado.

Hasta entonces Teo y yo habíamos hecho todo juntos. No nos hacía falta ni hablar para entendernos. Y, pese a ello, hablábamos mucho, horas y horas de conversaciones, días y años seguidos, muchas tardes y madrugadas juntos, siempre hablando, hablando. Hoy no sería capaz: no sé de dónde sacábamos tantos temas. Ahora comprendo mejor lo que le pasaba a Teo. En aquella época, en pleno corazón de Minas, me sentí desorientado y me irrité con él porque Teo era un poco mi ejemplo, éramos como dos espejos enfrentados. Quiero decir, el uno siempre se medía a partir del otro. Yo era más decidido, más desenvuelto; él era más locuaz y talentoso, tenía el don de la palabra, iba más al fondo que yo. El uno acompañaba al otro. Todo cuadraba, se completaba. Pero allá dejó de ser así. No sé si fue porque entonces yo ya estaba en la facultad, había empezado a leer otras cosas, teorías literarias, textos de filosofía, manifiestos; conocía a gente nueva, autores antiguos, de cien, doscientos, de dos mil quinientos años atrás y todas las adquisiciones y sustituciones eran inestables y estaban sujetas a los giros más alucinantes; descubría mi ignorancia, infinita y liberadora, en lugar de nuestras certezas de la adolescencia. Por primera vez me interesaba el estudio, me entusiasmaba; el mundo me parecía nuevo, interesante. Las transgresiones, la innovación o las modas, todo eso iba perdiendo sentido para mí. Y Teo parecía estar al otro lado de una frontera totalmente diferente. Yo quería hablarle de la facultad, de los libros que estaba leyendo, de Carmem, con quien había empezado a salir pero él aún no la conocía, del rumbo de las vidas de nuestros amigos comunes, de las fiestas que se había perdido. A él todo eso le traía sin cuidado.

Al cabo de unos días me fui calmando, fui olvidándome de la velocidad de São Paulo y entrando en el ritmo del lugar. La gente de allí era muy amable; yo les caí bien, el amigo de Teo, se burlaban de mi pelo largo. Con Teo hablaba de cómo era vivir en aquel sitio, de la visión del mundo que tenía aquella gente, de aquel modo antiguo de producir y repartir, pero ni así lográbamos interesarnos por lo mismo. No, Benjamim, él no estaba loco, no era un demente. Al contrario que Carmem, yo no vi ni veo todavía nada de locura en su comportamiento de entonces. La enfermedad vino después, porque la locura ocurre cuando uno no puede mirar la realidad de frente y empieza a inventarse otra que nadie más percibe. Y allí, en Jequitinhonha, Teo estaba muy integrado con la gente, con el lugar; ésa era su realidad y todos, tanto él como los habitantes del pueblo, lo sentían así.

Por otro lado, él no había dejado de pensar con ese ritmo lento y sabio que le era propio. Mientras yo me entusiasmaba con la posibilidad de trazar líneas más generales en un mundo más grande, él parecía ir por el camino inverso y cada detalle se convertía para él en un campo de investigación infinito. Lo mínimo contenía la totalidad. No me refiero al sentimiento de bendición de la ignorancia, no, más bien a la certeza de un universo cada vez más pequeño, una certeza tan específica y profunda que dolía en el corazón, sin palabras, como una luz. Esto que te digo no lo he comprendido hasta ahora, una vez que todo ha pasado. El trabajo de Teo era más intenso y solitario que el mío. No estaba enloqueciendo, sólo estaba distanciándose de mí y de todo aquello que me era familiar. Aquel mundo que alguna vez fuera el nuestro ya no era mío y mucho menos suyo.

Tal vez te cueste comprender mi pavor, pero eso es porque tú nunca conociste al Teo anterior a Minas. Ahora intenta pensar un momento en tu abuela y en tus tíos. Quizá hoy, cuando todos están envejeciendo, no les suene tan distinto, pero el precio que pagaron en esa familia fue muy alto. No quiero ser injusto, porque al final Isabel y Xavier criaron a sus hijos conforme a sus propias creencias: la libertad fue algo conquistado a pulso. Creyeron que tenían todo bajo control, no atinaron a ver que lo peor le ocurriría a uno de los suyos. Flora fue la más traviesa, y ellos estaban siempre ahí para ir a buscarla de madrugada a los tugurios más raros, soportaban a los holgazanes de sus amigos, que se pasaban semanas hospedados en la casa, aceptaron que ella abandonara el colegio durante meses para viajar con una compañía de teatro que no tenía nada que ver con el arte al que se dedicaba Xavier. Cuando te trajeron a vivir aquí, a São Paulo, la casa ya no existía y tu abuelo tampoco.

No fui capaz de ayudarlos. Fue un período confuso: mi primer hijo estaba por nacer; decidí alejarme y no ayudé a Teodoro, no fui capaz, no quise; dejé a Isabel sola, a cargo de ustedes dos. Una viuda, un niño y un loco. Lo único que hizo Haroldo fue montar un pollo y precipitarlo todo, aunque no debería decir nada. ¿Cómo podría culparlo? Yo, que no hice nada. También imagino lo difícil que debió de ser para ti el desmadre de Isabel, que al final te cuidó prácticamente sola. La verdad es que no sé cómo fue tu adolescencia con ella.

Sé que no eres hijo de Isabel, el mundo cambió y estamos hablando de otra cosa. No te enfades conmigo, Benjamim, no quiero nada de ti y te recuerdo que eres tú quien me ha buscado. No te disculpes. Sé que te irritas cuando hablo de tu abuela si te pongo en el centro de la historia. Imagino que estás harto de oír tanta tontería, que si en aquella época la gente era más atrevida, que si ahora el sueño ha terminado, y sé que esto que te digo debe de parecerte medio decadente. Pero esa nostalgia no es mía, es de tu familia. Ellos vivieron todo aquello con mucha intensidad. Y, cuando digo «todo aquello», me refiero sólo a la crianza de los hijos, la formación y la desintegración de la ilusión de una familia diferente, especial. De acuerdo, escribo, soy guionista y puedo tener mis vicios, ya es tarde, estoy cansado y he bebido un poco, pero no se trata de eso: si escuchas con atención, verás que sólo estoy hablando de tu padre. O intentando hablar, ¡coño!, y, si no eres capaz de entender el mundo en que vivíamos, la historia podría parecer hasta algo idiota: la de un vagabundo que fue a buscar ambientes bucólicos al campo y se enloqueció al darse de bruces con la brutalidad de aquel lugar primitivo.

El problema, Benjamim, es que en tus preguntas hay algo así como una acusación velada. O muchas. Claro, tienes razón al cabrearte, porque hasta ahora no te has enterado de que Isabel ya sabía quién era tu madre y que no quiso que tu tía Leonor te mostrara la partida de nacimiento del otro Benjamim cuando, hace poco, anduvo organizando los últimos papeles de tu abuelo. Sé que hay cuentas pendientes. De lo que no eres consciente es de que también para mí hay cuentas pendientes. Conmigo mismo, ¿entiendes?

Teo estaba desintoxicándose de las palabras y del sentimiento de ser especial. Ése fue el precio que pagó no sólo por su familia, sino también por las escuelas donde estudiamos. Hablar, hablar, hablar, explicar, argumentar, discutir. Al menos en mi casa todavía me peleaba con mis hermanos y a veces la cosa se resolvía a fuerza de puñetazos; hacía cosas a escondidas y en la mesa podía quedarme callado mientras los adultos conversaban. En casa de los Kremz no había esas confianzas. Por eso me parecían perfectos. Nunca vi a nadie pegándose puñetazos en aquella casa y allí nada se hacía a escondidas. Uno aprendía a argumentar, te entrenaban para ser preciso, te animaban a opinar sobre cualquier asunto, de los ocho a los sesenta años todos éramos tratados como adultos, se nos exigía y se nos juzgaba como tales. La ironía estaba muy bien vista; el buen portugués, una condición esencial; el lugar común, la estulticia y la falta de claridad se castigaban con un sarcasmo fino y perverso. Ciertos artistas y pensadores se ponían de moda en la casa y eran elevados a las alturas, sobre todo por Isabel, y unos meses después volvían a caer en el olvido. Ella siempre estaba buscando algo, una explicación, una nueva visión, no sé qué era, y cuando daba con ello se embebía de una manera medio obsesiva y eufórica, y pedía nuestra comunión inteligente para desbaratar y finalmente aniquilar la buena nueva.

Después de todo lo que sucedió con Teo, empecé a recordar aquellos días de nuestra adolescencia y creí ver en ellos el inicio del virus que desencadenó su enfermedad. La enfermedad de su casa. Demasiados estímulos. Yo sólo era capaz de ver la riqueza del espíritu y creía que la única sombra era yo por no estar a la altura, incapaz de comprender todo aquello. Cualquier cosa podía parecer sublime si se la miraba a la luz de aquella retórica elegante. Desde

Silvio Santos hasta Erik Satie. Y por *elegante* quiero decir la lógica precisa de la argumentación, una estética sofisticada, me refiero a la clase también, a la alta cultura, pop y provocadora, con milenios de tradición, refinamiento y exclusividad.

Teo me contó que en el primer mes de viaje vomitó mucho y tuvo cagalera. Después de eso agarró el vicio de escupir. Se volvió un tipo desaseado, se le caían los escupitajos en la ropa, no se bañaba, se le formaron nudos de mugre en el pelo. No podía ni imaginarme a Teo de esa manera en 1977, en el valle de Jequitinhonha, no antes de lo que vendría después. Me contó que decidió cortarse el pelo como los lugareños y tiró a la basura su ropa de ciudad. Sólo conservó unos pocos libros, la guitarra y el cuaderno donde escribía y dibujaba. Se lo veía muy sosegado y sin ganas de hablar. Quería tocar la guitarra y trabajar. Ni siquiera tenía ganas de pensar mucho, sólo dejar que las cosas sucedieran.

Vale, todo normal. Pero sucede que Teo era el tipo más cerebral y culto de nuestro grupo. Por momentos hasta parecía cómico de todo lo que sabía, tenía una memoria impresionante, leía como una bestia. No sólo era inteligente, era enciclopédico, de los que saben por qué vuela el avión o el nombre de las capitales de los países, y todo de una manera tan natural que te irritaba. Tenía un espíritu científico, siempre buscando lo que no sabía, odiaba las afirmaciones imprecisas. No era un tipo que se dejara llevar. No sé si Leonor encontró también los cuadernos de tu padre en medio del desorden de Xavier. Transcribía las tonadas de guitarra que se aprendía, fue descubriendo hilos y parentescos entre las diferentes melodías y modos de tocarlas. Propuso hipótesis sobre los caminos geográficos que condujeron a las transformaciones y a la fijación en la forma de cada música, teniendo en cuenta el grado de aislamiento de los caseríos de acuerdo a la distancia respecto a los ríos. Dibujaba pajaritos y plantas. Los cuadernos estaban llenos de esbozos hechos para pensar, y no para mostrar.

Cuando era pequeño, de unos doce o trece años, Teo tenía un cuaderno en el que dibujaba una historieta satírica sobre los profesores y las cosas que pasaban a nuestro alrededor. Él y yo éramos personajes de la historieta y siempre nos iba bien. Dibujaba unas mujeres con pechos enormes, con cadenitas en los tobillos, uñas pintadas de rojo y escenas de sangre y violencia. Todo muy gracioso. Teníamos una profesora de Ciencias muy pesada, doña Vanca, que se convirtió en un gusano cuyas tetas le colgaban hasta el suelo, con una boquita morada en forma de corazón de la que salía una lengua de serpiente negra, húmeda y partida a la mitad. El gusano se arrastraba mendigando nuestro amor, se enrollaba en nuestras piernas y suspiraba como un cachorrito. El personaje de tu padre la espantaba a patadas y gritaba que no, nunca, usted está condenada hasta el fin de los siglos a la reproducción asexuada, se lo he explicado mil veces y no lo voy a repetir más.

La doña Vanca gusana se desparramaba en el suelo y de su cuerpo salía una multitud de pequeñas réplicas, mil doñas vanquitas, serpenteando, implorando nuestro amor. Nosotros aplastábamos los gusanos y debajo de nuestras zapatillas, con los cordones sueltos, aparecía una sustancia viscosa y sangrienta llena de boquitas moradas que gemían: más, más, ay, sí, un poquito más. Tenía otras barbaridades peores en ese cuaderno. En todo caso, no eran más que historietas; con Teo cualquier cosa encajaba en una historieta. Pero ya no. Quizá yo no pudiera ver el nexo porque ya no formaba parte de sus cuadernos. Las relaciones entre las distintas melodías, los dibujos de pajaritos y plantas, todo lo que aparecía en aquellas hojas era como el resto de un hábito, pero nada le interesaba demasiado.

Los dibujos eran muy bonitos; su trazo había cambiado, más suelto y personal. Le preguntaba por la música y sus relaciones. Él empezaba a contar y al instante paraba: mi entusiasmo lo cohibía. «Palabras equivocadas. Eso no es lo importante, las palabras nunca bastan; tiene que ser un mero soplo, unos pocos sonidos –decía– para preservar el significado de lo que se forma dentro de mí. Los pensamientos se deshacen en naderías.» Así hablaba. Decía que, en realidad, los pensamientos carecían de importancia, daban igual en absoluto, y ése era el problema de hablar: la pretensión de convertir en algo lo que no era ni viento ni era nada. Cortar un palo, levantar una cerca, matar un cerdo, eso era relevante.

Porque cualquiera puede hacerlo, cualquier persona honesta y dispuesta, y siempre ha sido así. Hasta hablar de la importancia de esos actos era idiota. Por eso prefería no hablar.

Así era conmigo. En cambio, con la gente de allí era conversador, aun bromista, cosa que nunca había sido. Y es curioso que esa certeza de ser especial no se le quitara nunca; yo diría incluso que se le agudizó. Ahora quería que lo reconocieran por el trabajo manual, que los demás lo estimaran por lo que hacía y no por lo que había sido y nunca dejaría de ser, sólo que no resultó como esperaba. Me pone triste recordar estas cosas, triste por haberme enfadado con él por su orgullo de hombre sencillo. En efecto, su búsqueda era genuina, y es triste que no consiguiera librarse de sus marcas de nacimiento. Aquí, en São Paulo, tu padre me corregía cuando pronunciaba mal una palabra en inglés, el nombre de una canción o cualquier cosa. Lo mismo cuando hablaba, me ponía cierta ropa o hacía algo que demostrara mi deseo de ser lo que todavía no era. ¿Entiendes lo que te digo? A veces en aquella casa me sentía como el patito feo, el último mono, irremediablemente inepto, no tenía la formación ni la sangre adecuada, no había mamado de aquella leche. Hablando contigo vuelve con mucha fuerza el recuerdo de esa sensación. Puedo percibir en ti el peso de la marca familiar. Me gustaría ser más claro, más viejo y distante. Pero tú, Benjamim, encarnas algo de todo aquello. Un gesto de la boca, esa manera de bajar los ojos cuando te ríes a disgusto, incluso en contra de tu voluntad. Hablo así, con franqueza, porque sé que eso es lo que has venido a buscar y eso es lo que encontré yo entre tu padre y tu madre. No, por favor, no es una crítica. Sólo quiero mostrarte que, así como ese aislamiento luminoso perseguía a tu padre dondequiera que fuera, también siento un regusto de aquel despecho mientras converso contigo. Únicamente quiero que lo sepas y que pongas los filtros que consideres a mis palabras.

El caso es que Teo empezó a sentir vergüenza de andar conmigo, de mi pelo largo, de mi modo de hablar y de mirar. Comprendí que para él mi presencia echaba a perder su imagen en el poblado. Se me agotó la paciencia. En los meses que estuvimos separados había desarrollado algo de autonomía crítica para advertir que ese juicio de Teo no era necesariamente justo, que era hasta algo ruin contra él mismo. Por otro lado, echaba mucho de menos a mi mejor amigo y había momentos en que volvíamos a encontrarnos. Como la vez que fuimos a la matanza del cerdo de don Néstor, un guitarrista amigo suyo, hombre viudo que vivía con su hija soltera y un montón de nietos pequeños. Teo los ayudaba con la crianza de los niños y otras cosas difíciles de atender para una mujer y un viejo solos. En general, cuando se mataba un cerdo había que juntar a más gente porque eso son varios trabajos en uno. Matar, desollar, destazar, limpiar y separar para embutir, salar. En esas faenas es costumbre ofrecer porciones del animal a quienes vienen a ayudar, un lío, mejor dicho, un ritual dispendioso para un viejo en esa situación. En realidad, en el poblado había pocos hombres durante el día porque casi todos se iban a buscar trabajo fuera. Las cosechas de aquel año no habían sido buenas y había temor por lo que les esperaba en los meses venideros. Teo ya estaba acostumbrado a comer poco y a rechazar las gentilezas que los habitantes de la región, aun en medio de la miseria, no dejaban de ofrecerle. Tardé un poco en comprender la sutileza del asunto, y a los lugareños les parecía gracioso mi apetito desbocado de muchacho criado en la abundancia de la ciudad.

Yo nunca había participado en la matanza de un cerdo ni había visto la muerte de ningún animal. Fui sólo a ayudar y a obedecer las instrucciones de don Néstor y de Teo. El cerdo no había engordado lo suficiente, pero los pequeños de la casa necesitaban la carne para crecer. Pusimos una mesa fuera de la casa, cerca de la cocina, para destazar el bicho. Los niños sujetaban una palangana para recoger la sangre. Don Néstor y su hija, Maria, lo agarraban por las patas y la cabeza. Teo le clavó el cuchillo. Hubo mucha sangre y mucho bullicio. Unos gruñidos locos que daban dolores de estómago, de estómago y de tripas. El animal sacudía la cabeza con fuerza, unos espasmos violentos, y por fin se quedó quieto; las piernas dejaron de temblarme también. Por poco devuelvo todo lo que había comido al ver el interior del animal en cuanto Teo lo rajó desde el pescuezo hasta el rabo. Me quedé perplejo y atontado, me apoyé en la cabeza del animal para no caerme. De sus entrañas coloradas brotaba un vaho caliente. Había demasiada vida en aquella muerte. Una vez muerto el bicho, me senté en un banquito, recostado contra la pared, salpicada de sangre. Me quedé ahí, hecho una bestia, el cuerpo flojo y los ojos abiertos viendo cómo Teo destazaba el animal. Tu padre hallaba placer en aquello; era preciso en sus gestos, introducía la mano y sacaba órgano a órgano. Debía de estar caliente por dentro. El mayor de los niños, un muchachito esmirriado, ayudó a vaciar las tripas y la vejiga, un olor asqueroso. Recuerdo sus pequeñas manos y los dedos delgaditos lavando con cuidado los sacos de piel para después extenderlos a secar en la cerca. Una actividad alegre en la que todos participaban y conocían cada paso del proceso; tu padre, feliz y concentrado, dirigías la fiesta. Sentado en el banquito, participé de aquella alegría. Daba gusto ver a Teo así, un joven tan hermoso, tan lleno de fuerza.

ISABEL

A los hombres, ya lo sabes, Benjamim, a los hombres les gusta inventar historias y fantasean mucho. Yo no conocía muy bien a Xavier en la época en que se enamoró de Elenir. Frecuentábamos los mismos ambientes, nuestras familias se conocían, pero nada más. El mundo era más pequeño; él llamaba la atención, quizá yo también, como te contó Haroldo, aunque no creo. Tal vez la gente reparara en mí porque, siendo yo una muchacha de buena familia, iba a la facultad. Por lo general, solamente las mujeres que necesitaban trabajar proseguían sus estudios, pero no era algo que se esperara de nosotras.

Estos días de hospital, en esta habitación verde. Me produce confusión tanta quietud. Nunca me había sucedido algo así, ni siquiera después de la jubilación. Seguí dirigiendo tesis, no paré de escribir y de participar en tribunales y congresos. Siempre había algo que hacer. No soy de quedarme postrada. Después de los partos, al segundo día ya estaba de pie, subiendo y bajando las escaleras. Llevo muchos días hablando muy poco; los recuerdos vienen de muy lejos, de mucho antes que mis hijos, así que, por favor, ten paciencia, Benjamim, que quiero contarte.

Recuerdo que en mis tiempos no se consideraba *decente*, en el sentido más brutal de la palabra, ser estudiosa, perseguir una carrera, ni para los muchachos ni para nosotras. Lo normal es que los jóvenes no pensaran mucho en los estudios o que hicieran las cosas de cualquier manera en la facultad. Cuando veo hoy en día tu empeño en estudiar y batallar y conseguir becas para irte a Estados Unidos a hacer la maestría, la especialización, tu esfuerzo por ser un buen profesional, eso es algo nuevo. En mi generación no era muy común porque todos eran hijos de gente que tenía haciendas, bancos o industria. Fueron muy pocas las colegas que fueron al Sedes, que era una facultad muy buena, donde mi madre se formó. Su promoción fue la primera; en aquellos tiempos era sólo para mujeres. La mayoría hacía unos cursos para señoritas que, ése era el chiste que hacíamos entonces, sólo servían para esperar al marido. Las mujeres aprendían a cuidar de la casa y les daban unas clases de educación sexual muy poco serias, cosas por el estilo. Las más sofisticadas, y no eran muchas, se iban a Inglaterra o a Suiza a hacer el Finishing School en unas escuelas donde aprendían a ser recatadas.

En cambio, yo fui a la Universidad de São Paulo, una cosa nueva para la época. Mi padre, tu bisabuelo, era oftalmólogo, profesor de la facultad, donde conoció al doctor Emanuel Kremz; no éramos una familia rica, pero sí éramos considerados *de buena familia*, y eso era lo que importaba. El otro día volví a ver *El gran Gatsby* en la televisión y me quedé pensando en esa diferencia. La clase alta norteamericana de la primera posguerra tenía algo de salvaje en muchos sentidos. La sed de diversión, la vanidad y la ostentación. La protagonista dice «Las chicas ricas no se casan con muchachos pobres», como si fuera la idea más evidente del mundo. Aquí nunca diríamos eso. No hablábamos de dinero; esas cosas se veían, se sabían, pero no se hablaba de ellas. La diferencia estaba en otra parte.

Ahora bien, en casa, mi padre no tenía la menor duda de que yo tenía que seguir con mis estudios, algo raro en nuestro medio. Aun sin haber sido hija única, sé que él habría pensado igual; no era algo que tuviera que ver sólo con la educación de su hija. Mi padre tenía una visión diferente del mundo. Decía: «Para tu herencia no te dejaré dinero, pero sí una buena educación».

Me gustaba estudiar. Quería seguir la carrera de Filosofía y mi padre me sugirió que estudiara en el Sedes, pero no en la USP, de lo contrario perdería mi fe. Yo, en cambio, quería estudiar en la USP y ante la disyuntiva elegí hacer Letras Clásicas, la mejor opción, creo yo. Me aplicaba mucho, me encantaba la facultad, un mundo absolutamente nuevo para mí porque había empezado el colegio con siete años y a los diecisiete, cuando iba a entrar en la universidad, tenía mucho miedo porque mi padre me decía: «Cuidado con el examen de ingreso para la USP. Estudia mucho porque vienes de un colegio privado y vas a competir con gente de colegios del Estado, que son muy fuertes». Y mira cómo han cambiado las cosas, aunque, la verdad, mi padre no tenía tanta razón, pues yo había aprendido bien inglés y francés en el colegio; gracias a eso fui la primera en entrar y al final me fue muy bien en los estudios. Para ser sinceros, la educación de las monjas en Des Oiseaux también era muy buena.

La facultad fue para mí un punto de transición importante; todo en el ambiente me estimulaba, el edificio nuevo –mi promoción fue la primera de la sede de Maria Antonia–, los profesores extranjeros, los compañeros de otras ciudades, de otros medios. La guerra había terminado hacía dos años y los fascistas habían sido barridos de la faz de la tierra: vivíamos en un mundo libre y próspero que necesitaba brazos y mentes para enseñar y construir. Había muchas diferencias entre eso y la facultad que les tocó a mis hijos, ya no hablemos de la que te tocó a ti. Una cosa importante, creo yo, además de la transformación del papel de la facultad a lo largo del tiempo, el cambio de espacios, la formación de guetos en los departamentos, además de todo eso, digo, al final de los años cuarenta había una diferencia entre el colegio y la universidad. Una diferencia brutal. Yo venía de un colegio de monjas, nunca había estado en una clase mixta y el propio método de enseñanza era distinto. Para mí era como si hasta entonces hubiera vivido encerrada en un convento: fue una liberación.

Intenté reencontrarme con ese sentimiento cuando volví a estudiar, a mediados de los sesenta, pero en aquella época la confusión era muy grande y el placer por los estudios se fue haciendo cada vez menos colectivo y más solitario. En el 77 y el 78, cuando Teodoro decidió irse de viaje, muchos profesores seguían en el exilio; había un ambiente de frustración, de desintegración, también de resentimiento. Él sabía que no se estaba perdiendo gran cosa. Tal vez por eso consideré que su elección era más valiente que la de sus hermanos.

Mis hijos vivieron el golpe y la dictadura cuando eran apenas unos niños. Imagino que el miedo que cundió en todo el país tuvo algún efecto en ellos. Lo sé porque me tocó vivir la guerra cuando era niña. La amenaza permanente de los submarinos alemanes, los simulacros de bombardeo que hacíamos como entrenamiento. Mi padre escuchando en la radio las noticias de la movilización de tropas. A pesar de la distancia, yo sentía la proximidad de la violencia, y eso de alguna manera nos marcó. Pero entonces el bien venció de una forma que nos pareció inequívoca, todo lo contrario del sentimiento difuso de miedo y amenaza que le tocó vivir a la generación de tu padre. Nosotros no teníamos ninguna duda sobre nuestro papel. El mundo estaba asolado: ahora nos tocaba reconstruirlo. El espacio de acción con el que se toparon tus tíos y tu padre fue otro. Flora se inclinó por una cosa *hippie*, tal vez hasta más violenta que la vía política. Ese lado oscuro, omnipotente y suicida de todo adolescente emergió en ella a través del cuerpo, en las drogas, el sexo.

A mí lo que me espantaba era ese coqueteo con la perversión del cuerpo. Tuve que darle muchas vueltas y encontrar la manera de acompañarla y, hasta donde pude, protegerla. Ése no había sido mi camino y nunca me llevé bien con las drogas. Sinceramente, les tenía miedo porque me envicio con mucha facilidad: fumé toda mi vida y no he podido dejarlo hasta ahora, aquí en el hospital; lo echo en falta y ya no sé si vale la pena privarme del tabaco. En aquel entonces, para mí, si una muchacha fumaba marihuana y tenía relaciones sexuales, eso bastaba para convertirla en una mujer, cosa que no es cierta. Sea como fuere, mi hija sobrevivió, pudo experimentar lo que le pareció fundamental y siguió adelante.

La opción de Henrique, siempre el más sensato, fue el movimiento obrero y después el Partido de los Trabajadores. Nuestra casa estaba siempre llena de estrellas y banderas rojas. Tu abuelo se irritaba con todo ese barullo alrededor de los obreros metalúrgicos, luego con la adhesión de los intelectuales al proyecto del Partido y la vinculación de la Iglesia católica; siempre desconfió de los misioneros. Discutía mucho con Henrique. El campo de Xavier era el arte: decía que no quería ser oprimido por avalanchas de consignas, porque él prefería el desorden, siempre. Un discurso un poco tonto y desestructurado.

La verdad es que él tenía aversión física a la posibilidad de sentirse preso. Era muy sagaz a la hora de deconstruir nuestras ideas y poner al descubierto nuestras mentiras. Suave, implacable e irresponsable, su obligación era decir no, aunque no tuviera otra cosa que decir. Quizá por eso mismo mi padre nunca se llevó muy bien con Xavier. Por eso yo lo admiraba. Me fascinaba esa libertad para criticar sin la obligación de construir, algo que, para mí, la luchadora llena de obligaciones, siempre fue inaccesible. A Xavier le gustaba la compañía de la gente más joven, pero no quería saber nada de discípulos.

Haroldo decía que en la facultad era todo lo contrario: un líder comprometido con la política en todos los niveles. Después de su crisis, del viaje a Europa, cambió completamente. Cuando vino el golpe y la gente empezó a ser perseguida y encarcelada, él sufrió mucho. Alojamos a muchos amigos y desconocidos. Él estaba indignado con las brutalidades del régimen. Yo me ocupaba de mantener la casa. Éramos muy diferentes, quizá por eso el matrimonio duró tanto. No sé, tal vez por su formación de abogado y su trabajo en el periódico, tuviera una visión más escéptica sobre las motivaciones y las formas de la movilización política. Discutía mucho con Henrique, ya te digo, le decía que se estaba olvidando de pensar con su propia cabeza.

Flora mutilaba su cuerpo, y Henrique, su inteligencia, pero eso forma parte de los ritos de paso. Lo que yo no sabía, no tenía manera de saberlo y de haberla tenido no sé si habría hecho las cosas de otro modo, es que algunas personas no sobreviven. Digo que no habría hecho las cosas de otro modo porque tales pasos son necesarios para forjar el carácter individual. ¿Con qué derecho va uno a impedir, frenar, adormecer todo eso? Al principio toca ejercer el papel de portavoz de tribus cada vez más excluyentes y sólo después uno encuentra su propia voz y así puede volver al grupo más amplio de la humanidad. La familia, la generación y, más tarde, los grandes ideales hacen germinar una voz obligada a recorrer todo el camino para ser original. Sólo importan los originales, sólo ellos son capaces de emitir luz, solamente quienes de verdad son únicos pueden dar lugar a los nuevos iguales. Nunca quise tener hijos borregos. Tampoco habría sabido cómo guiarlos, pues, por otro lado, los padres aprenden a la vez que los hijos, y no pueden con todo. No, Benjamim, decir esto no tiene nada de cerebral en el sentido de poco amoroso. Al contrario, ¿puede haber algo más generoso que descubrir la fuerza que hay en uno y ponerla al servicio de los demás? De eso estoy hablando. De esa obligación moral que intenté inculcarles a mis hijos y a ti, mi nieto.

Yo era muy joven cuando me casé, en 1954. Getúlio acababa de suicidarse, fue un susto terrible ver a la multitud por las calles llorando a su padrecito, el padrazo. Eso me desorganizó las ideas. Yo había salido a la calle a exigir su renuncia. Y ver al pueblo sintiéndose tan huérfano fue impactante. Llegué a pensar que me equivocaba, que la verdad al final siempre está del lado del pueblo. Después vinieron Juscelino y sus hijos. No sabía nada sobre la educación de los niños y sentía que lo único que debía hacer era permanecer a su lado todo el tiempo. La educación que me habían dado a mí no me servía de modelo. Tuvimos que reinventar todo y, pese al esfuerzo, pese a la responsabilidad, lo cierto es que yo no sabía nada de la vida. A decir verdad, nadie sabe nada de la vida hasta que tiene hijos. Xavier opinaba sobre cómo cuidar a los niños y fue un padre entusiasta, pero su dedicación no servía de mucho. Fueron cuatro hijos en cinco años. Flora es del 55 y Teodoro del 60. Vivíamos en una casita cerca de la calle Dr. Arnaldo. Luego murió tu bisabuelo y doña Silvia decidió mudarse de regreso a Higienópolis, aunque siempre dijo que odiaba vivir en aquellas lejanías. Así lo decía. Nos mudamos a la casa de Butantã, que quedaba cerca de la facultad y del colegio de los niños. Con la nueva casa y la herencia la vida se nos hizo un poco más fácil. Cuando tu padre cumplió dos años, volví a estudiar y, casi de inmediato, a dar clases, todavía en la sede de la calle Maria Antonia. Fue un período tumultuoso: llegaron el golpe y los movimientos de oposición al golpe. A pesar del clima difícil y del cambio de profesores, me reencontré con mis pares, con mi alegría. Los años que pasé en casa cuidando de los niños me convertí en una especie de animal, una cosa medio arcaica: parir, amamantar, lavar, alejar los peligros. En la facultad volví a ser yo misma. En la familia uno es un yo único pero ramificado y complejo, y sólo gracias al trabajo, pero sobre todo al trabajo de las ideas, es posible palpar y sentir los contornos precisos de uno mismo. La vaguedad profesional de Xavier me asustaba. Lo añoro, echo de menos su alegría, nos divertíamos mucho. Pero me asustaba.

La herencia se fue acabando con el proyecto de los libros baratos y los lujos demenciales. Fuimos los primeros en tener televisión en casa. También teníamos una de esas grabadoras de sonido, anteriores al casete, y Xavier grababa a los niños cantando canciones infantiles, grababa los cuentos que contaba Vanda, la niñera de todos. Comprendí que, además de volver a estudiar, tendría que empezar a trabajar, si es que quería tener a los niños matriculados en buenos colegios. Mientras hacía la maestría, conseguí empleo de profesora en la escuela de los chicos y, de ese modo, ellos pudieron estudiar gratis. Siempre fueron buenos alumnos.

Más adelante Flora se compró una cámara de super-8, pero nunca supe qué suerte corrieron las peliculitas. Flora ponía a Leonor y a tu padre a actuar escenas que ella se inventaba. Imagino que se divertían, no lo sé con certeza. Paraba poco por casa. Henrique y Flora eran muy parlanchines; Leonor, en cambio, siempre fue más tranquila: se inventaba historias con sus muñecas y animalitos, se pasaba horas estudiando piano. Teodoro era independiente, nunca le gustó andar en el regazo de nadie, ni siquiera de pequeño. Era callado y estaba muy unido a Leonor; los dos pasaban la tarde entera juntos, solitos. En las vacaciones, cuando íbamos a la playa, armaban unos castillos de arena enormes. Cuando podía acompañarnos, Xavier ideaba puentes levadizos, lagos subterráneos, trampas para los cangrejos enemigos. Yo me ponía a leer, era mi momento de respiro; leía novelas, cosa que no tenía tiempo de hacer durante la época de las clases. En aquella época todavía lograba despertarme tarde, una felicidad. Vanda salía temprano con los niños, que volvían a casa cargados de conchitas. Con tres y cuatro años, Teodoro era un nene muy lindo. A los nueve construyó una caja donde guardaba sus conchas, anotaba la fecha de recolección y las clasificaba por tamaño y color. Siempre meticuloso. Andaba de arriba para abajo con los tebeos del Pato Donald y sus sobrinos exploradores. Siempre fue así, con esa manía de guardar, organizar. Aquí, en la casa de São Paulo, siempre andaba cazando bichos, jugaba con armadillos, estudiaba los hormigueros. Solíamos bromear con que iba a ser el científico de la familia.

Cuando os traje a vosotros aquí y tuve que internarlo, ya no me acordaba de todo aquello. Con los bichos era igual que con las conchas. El mismo modo de catalogar. No sé hasta qué punto recuerdas aquel período de locura de tu padre. Él, que siempre fue tan guapo, se quedó esquelético, con el rostro macilento. Sentí la falta de Xavier, tampoco sé si habría soportado algo así. No fue fácil, Benjamim, no fue una decisión fácil internarlo. Henrique me ayudó mucho. Y Haroldo también, a pesar de la opinión de Raul. Entiendo que se haya enfurecido con Haroldo y que se sintiera culpable por no haber aguantado a su amigo. Pero no había razón alguna. En aquel momento no había nada que hacer. Ayudar a alguien que no quiere ayuda es la cosa más difícil del mundo. Además, ayudar es como perdonar: no es algo que se haga sólo con palabras, sin carne y sin músculo. Ahora que ya eres un adulto, a punto de tener tu primer hijo, pareces dispuesto a escuchar. En aquella época y más adelante, con todo lo que pasó, empezaste a vivir en mi apartamento como si fueras el inquilino de una pensión cualquiera. Sí, ya lo sé. Al final fue bueno que te alejaras, que te mudaras de hecho a una pensión. Siempre quisiste ser mineiro, nunca te diste por vencido. Lo sé, Benjamim, sé que *eres* mineiro, pero sabes lo que trato de decirte.

Estoy hablando de la responsabilidad de ser quien uno es. Vienes de esta familia, *eres* esta familia. Tu padre intentó tirarnos por la borda y acabó tirándose a sí mismo con todo. La historia que construyó en Minas fue una no-historia. Se hundió demasiado y cuando lo traje de regreso ya no había manera de sacarlo de allí: sólo quedaban los escombros. Tú sobreviviste y te fue bien, creciste con leche de vaca cruda, cazando pajaritos, con las diversiones sencillas propias del hijo de un vaquero. Te criaste en medio de aquellas mujeres, en los corredores de los ranchos, en el oscuro catre de un padre que era un peón, entre las ollas de barrio de un mundo señorial. Rechazaste el aire nuevo que te ofrecí, quisiste hacerte el sumiso conmigo y yo no lo acepté. No, Benjamim, nunca fuiste grosero conmigo, al contrario: eras de lo más educado. Nos enzarzamos en una batalla de diferentes matices del buen comportamiento. Ninguno ganó, ninguno perdió ni tampoco hubo empate. Así fue.

Y ahora que vuelves, guapo como siempre, y vas a ser papá, es necesario que entiendas algo que siempre estuvo aquí entre nosotros y que tu hijo también heredará. Probablemente no alcanzaré a conocer a mi bisnieto, el pequeño Antonio, pero no me cabe duda de que me reconocerás en él y a tu padre también. Por eso has venido, por eso tienes la necesidad de comprender. Tu búsqueda aquí no tiene nada que ver con tu madre, pues ella nunca perteneció a este mundo. De ella no tengo nada que contarte. Puedo contarte cosas de tu padre y también podemos hablar de nosotros, si quieres. De cuando eras un muchachito, no habías llegado ni a la adolescencia y ya eras muy vivo, avispado, con la mirada chispeante. Podemos hablar de mí, con la vida patas arriba por culpa de un hijo que ya nunca sería *el hijo pródigo*.

En la época en que tu padre aún vivía con nosotros, entre las idas y venidas a la clínica, cuando yo estaba preparándome para dejar el cargo de titular, tú te convertiste en un fantasmita y andabas de puntillas por la casa, escondiéndote por los rincones. Quizá no me creas, pero me preocupaba mucho por ti, mucho.

Xavier salió del sanatorio un poco embobado. *Aletargado* sería el término correcto. Fui a visitarlo algunas veces mientras estuvo internado; la clínica quedaba en una finca cerca de São Paulo. No lo llamaban *sanatorio*, sino *casa de reposo* o algo así. Parecía más bien un club de campo, con árboles muy altos, salones que daban a los jardines, caminos de grava ondulantes bajo los granadillos y los flamboyanes, un lago con patos y el césped bien cortado. Todo eso volvía más triste la situación. Si aquel lugar hubiera tenido pinta de hospital, menos limpio y más asfixiante, probablemente no me habría sorprendido tanto el contraste con el estado emocional de mi amigo. Le habían rapado la cabeza, seguramente por los electrochoques; estaba hinchado, con cara de luna llena. Parecía un niño idiota. Daba mucha pena porque era un joven muy guapo, con poco más de veinte años, alguien para quien la belleza siempre fue algo importante.

Fui a verlo algunas veces con tus bisabuelos. Era mucho peor que ir solo. Doña Silvia exhibía el mismo espíritu cristiano que se apoderaba de ella todos los jueves, cuando se ponía a tejer, junto a otras señoras, unos abriguitos para los hijos de las madres solteras. Contaba que en la revolución de 1932 había ayudado a cocinar para un batallón entero, cascando más de doscientos huevos en un solo día. Guardaba un rencor malsano contra una de las hijas de la familia Prado Valente porque les tocaba romper cada huevo en un recipiente antes de pasarlo a la sartén. La torpe de la mocosa los cascaba directamente en la sartén y acabó mezclando un huevo podrido con más de cincuenta buenos, un desperdicio: tuvieron que tirar todo. Y eso en una época de escasez, decía ella muy indignada, cuando las señoras donaban hasta sus anillos para la causa paulista.

Ella era de estatura mediana, pero parecía más alta de lo estirada que iba; delgada, eso sí, y muy elegante. Ayudó a tu bisabuelo a recaudar dinero para fundar el hospital y dirigía la asociación de voluntarias. Una persona objetiva, inteligente y eléctrica. Siempre tenía una palabra amable para cada persona, un cuidado, un mimo. Hasta su muerte recibí puntualmente una tarjeta de felicitación por mi cumpleaños, escrita con su caligrafía de colegio de monjas francesas. Tenía un cuadernito donde anotaba a las personas que habían sido buenas con ella en los momentos difíciles; sin duda debía de tener otra lista con los nombres de las ingratas. De cualquier modo, el mundo funcionaba bien si uno estaba a su lado y lo que no funcionaba se arreglaba.

Se acordaba del nombre de las enfermeras, les llevaba regalitos, elogiaba la limpieza del entorno y el buen cuidado del jardín, sugería qué plantas podrían cultivarse o daba consejos sobre el modo correcto de podar los rosales, entraba en el cuarto de su hijo sonriendo, con los brazos abiertos, le daba golpecitos en la espalda, le colocaba el cuello del pijama con un cariño maternal un poco severo, sin niñerías. Lo trataba como a un hombre sano y capaz. Le llevaba revistas y periódicos, comentaba con él los acontecimientos políticos, la carrera de sus colegas; le hablaba de la familia, de las mejoras en el hospital, del sacrificio de su marido, constante y nunca del todo reconocido. Una charla de almuerzo de domingo entre adultos saludables. Uno de ellos bastante enfermo, es cierto, que necesitaba cuidados especiales, pero nada de condescendencias con el malestar, de lo contrario la enfermedad se apoderaría de él: lo mejor sería tratar la dolencia como un percance que, bien gestionado, acabaría sanando más pronto que tarde. Ella siempre se las arreglaba para ver progresos en el lamentable cuadro clínico de Xavier. Llegué a pensar que ese método podría tener algún efecto positivo. Fingir que no se percibe la degradación de un hijo puede hacer que el enfermo piense que está equivocado, que, al fin y al cabo, si continúan tratándolo como antes es porque la persona que era debe de seguir por ahí, metida en algún rincón. Obligarlo a estar limpio, saludar, extender la mano, entablar una conversación banal, cosas que podrían tal vez ir activando determinados circuitos averiados. Fingir normalidad podría, quién sabe, o eso llegué a pensar, ayudar a Xavier a ser normal otra vez. En el espejo de doña Silvia la imagen reflejada era la de un Xavier anterior no sólo a la crisis, sino anterior a Elenir y al hijo muerto. Había en todo aquello una mezcla de determinación férrea para arrancar al hijo de la locura y una negativa a mirar y reconocer a su hijo en aquel hombre rechoncho y feo.

La primera vez que fuimos juntos, una semana después de que lo internaran, el doctor Emanuel vino con nosotros. Xavier permaneció en silencio todo el tiempo, incapaz de fijar la mirada en ninguna parte. A pesar de la medicación, se lo veía inquieto, los ojos le daban vueltas todo el tiempo y se frotaba las manos, magulladas, lo que irritaba las heridas e impedía que cerraran. El padre a duras penas habló con su hijo, ni siquiera se sentó. Habló con el director de la clínica, que nos había recibido en la entrada con mucha ceremonia y consideración. Repasaron juntos los medicamentos, las pautas; había explicaciones y un pronóstico favorable. Sólo era cuestión de tiempo. Luego el director nos dejó a solas con mi amigo. El doctor Emanuel no pudo soportar mucho tiempo la imagen de inequívoca locura que tenía su primogénito y salió a caminar aprovechando el buen tiempo de la tarde. En las otras visitas fuimos sólo doña Silvia y yo porque su marido consideró que su hijo ya estaba en buenas manos y que los encuentros familiares no serían de gran ayuda.

Para doña Silvia, en cambio, la vida giraba en torno a la enfermedad o la salud, es lo mismo, de Xavier y no estaba bien desentenderse del cuidado de su hijo. Sin embargo, después de ir varias veces a ver a Xavier, se sintió obligada a darle la razón a su marido.

Las visitas por lo general se recibían en la veranda del sanatorio. Los pacientes caminaban con sus familiares por los parques, se sentaban en los bancos bajo los árboles o tomaban un refresco en las mesas, bien acondicionadas, de la terraza. Xavier se negaba a salir de su cuarto. Me acuerdo bien de una visita con tu bisabuela, probablemente antes de la tercera semana, la última antes de que ella siguiera las recomendaciones de su marido. El director nos acompañó hasta la habitación de Xavier. Mientras caminábamos nos explicó con voz pausada que el joven estaba más agitado, todavía lejos de las condiciones necesarias para tener una conversación, pero ya respondía a estímulos externos, que no nos asustáramos, que retomar el contacto con la realidad no siempre era un asunto suave.

«Xavier sufrió un trauma profundo –decía el director–. Está empezando a recuperar el tono, todavía muy apegado a los recuerdos que le hicieron tocar fondo. Ese momento puede ser muy doloroso y es preciso tener cautela, no mencionarle nada que le recuerde el pasado reciente y, sobre todo, no dejarse impresionar por sus palabras o sus gestos; todavía no tiene control de sí mismo y el proceso de sanación es justo así, hemos de tener paciencia y tranquilidad.»

El doctor abrió la puerta de la habitación, saludó a Xavier anunciándole las visitas con voz firme, incitándolo a comportarse debidamente y se despidió. Yo iba a la cola del grupo cargando las bolsas de doña Silvia, llenas de revistas, ropa, mantas, dulces y demás detalles que enviaban las tías y las primas. Vi la expresión de mi amigo, que estaba detrás del director. Xavier estaba sentado en la cama, deshecha, recostado en la pared con un libro sobre el regazo, la mirada vacía. Al oír la puerta y la voz del director, movió lentamente los ojos con una expresión de ira, su cuerpo se puso tenso y volvió a mirar a la pared. Estaba todo encorvado, con un pijama del sanatorio, descalzo, con la barba por afeitar y unos primeros brotes de pelo en la cabeza rapada. Todavía se lo veía hinchado y, me pareció, un poco menos ausente. Su concentración, sin embargo, nunca se dirigía al exterior, sino hacia algún pensamiento sombrío que le exigía mucho esfuerzo. Si bien en los primeros días era una ameba desaliñada, amorfa, dos semanas después se había transformado en una cápsula compacta.

Doña Silvia lo besó y se puso a mostrarle todas las cosas que le había traído. Xavier no movía los ojos. Su madre iba colocando las cosas por el cuarto, ajustaba la cortina, hacía bulla. Xavier ni se giraba para ver los dulces, las mantas, la chaqueta; no oía nada de la enfermedad de su tía abuela, del nacimiento del hijo de su prima, del casamiento de su amigo; no reaccionaba a la política regional, nacional ni internacional. Doña Silvia se calmó, sentada a su lado en la cama, y posó la mano abierta sobre las piernas de su hijo, que se estremeció y se apartó de un brinco.

¿Estás leyendo la Biblia? (Silencio.) Dios escribe recto sobre renglones torcidos. (Silencio.) Un buen hijo siempre vuelve a casa. (Silencio.) La verdad es que tú nunca te fuiste de casa, aunque últimamente andabas un poco perdido. (Silencio.) Seguro que no es nada. (Silencio.) Pronto será agua pasada. (Silencio.) Te recomiendo que leas los Salmos. En los momentos de aflicción una conversación directa con Dios siempre reconforta. (Silencio.) A veces, aun sin necesidad de comprender, la mera repetición de las palabras, su sonido, nos calma, nos ilumina, nos da consuelo. (Silencio.) Te recomiendo también las epístolas de san Pablo a los Apóstoles, aunque quizá no sea el mejor momento: san Pablo es demasiado severo. ¿Es el texto completo? ¿La traducción directa? ¿Es una Biblia católica o protestante? Déjame ver la editorial. (Xavier aparta el libro de su madre, sigue mirando a la pared y hojea las finas páginas como quien marca un ritmo.) Prefiero leer la traducción francesa: me parece más fiable. El texto parece simple, pero el cambio de una palabrita es suficiente para que se pierda el sentido. Y el sonido del francés es tan bonito. (Silencio.) Acabé por acostumbrarme a la Biblia en portugués y a veces en el hospital la leemos en voz alta para los pacientes. Maricota Moraes, que lee bien y tiene paciencia, comenta los pasajes. ¿Te acuerdas, Xavier, de tus clases de catecismo? Adorabas los pastelitos que Maricota preparaba. Ella sigue teniendo la misma serenidad pese al alboroto de los niños y la ignorancia de los pobres. Maricota no se rinde, va explicando poco a poco. Los pacientes aprovechan el período de convalecencia para aprender algo. Salen de allí más instruidos. Un magnífico trabajo el de Maricota. La pobre no se casó, tuvo que cuidar de su padre enfermo y al final no heredó casi nada: la enfermedad, tan prolongada, consumió lo que le había quedado de la venta de las haciendas. Logró conservar algunos muebles y jamás perdió la alegría. En la escuela ella era la más alegre y en los bailes todas nos enterábamos de la última moda en París por sus vestidos y los de sus hermanas. Pero la vida es así, hay que estar siempre listo, el mundo da vueltas y lo único que le sirve a uno siempre es el carácter y la educación que se recibe en la infancia. Gracias a la precaución de Onório Cunha, el cuñado, marido de Maria Helena, le quedaron también unas casitas que alguna renta le proporcionan y que le permiten a Maricota recibir a sus amigas. Por eso insistimos tanto en que fuera ella quien se encargara del catecismo; fue la forma que encontramos de ayudarla con discreción. Me acuerdo de ti y de tus primos, que, al volver a casa, os burlabais de su habla, de lo bien que pronunciaba todas las sílabas: «Esther, mujer de belleza inigualable». Vosotros os divertíais con estos pasajes, más entretenidos, y os gustaban los pastelitos. Los enfermos, en cambio, prefieren los Salmos, sobre todo cuando cae la tarde, pues parece que ahí el miedo se acrecienta. Cuando eras un bebé, solías llorar mucho a esa hora. Yo no sabía qué hacer; te ponías a berrear y no había Cristo que comprendiera qué te sucedía. De nada valía cambiarte el pañal, darte el biberón, nada; lo único que funcionaba era que Doinha, tu niñera, te meciera en sus brazos. Ella decía que uno de sus bebés había sido así, que lloraba al final del día; te alzaba y empezaba a caminar de un lado al otro canturreando, y sólo así te calmabas. ¿Te acuerdas de Doinha? (Silencio.) Claro que no, eras muy pequeñito cuando ella se marchó de casa. Tu padre se preocupó, creyó que te estabas volviendo un nene malcriado. A tu abuela tampoco le gustaba. Supongo que en parte es una cosa de las familias alemanas. Sabes, Haroldo –continuaba doña Silvia cambiando de interlocutor para su monólogo–, mi suegra nunca aceptó del todo que tuviéramos empleadas en casa. Emanuel era hijo único, y ella siempre se encargó de todo sola; no lograba entender el sistema brasileño. Decía: más gente, más trabajo, más mugre; a una mujer hacendosa no se le meten tonterías en la cabeza. Cosas así decía. Que Dios la tenga en su gloria; no era mala persona, de ningún modo, aprendí mucho con ella. Me reprochaba que fuera una manirrota, se fijaba en cada detalle de nuestra casa, no sabía para qué tanta comida, todo le parecía un despilfarro. En casa de ellos todo siempre había sido muy austero; aun teniendo dinero, jamás se permitían un lujo, un asunto así medio religioso. Gracias a Dios Emanuel no es así; le gusta la comodidad, tiene buen gusto, agradece el buen servicio. Pero en la educación de sus hijos sí que siguió fielmente el ejemplo de sus padres, aunque, a fin de cuentas, fue mejor. Mira a Xavier: primer alumno de la São Francisco durante todos los cursos; con veintidós años ya está contratado en el mejor despacho de abogados de São Paulo. Siempre fue brillante, es cierto, pero sin ninguna disciplina, la inteligencia por sí sola no lleva a ninguna parte. Primero el estudio y el trabajo: así los criaron, y eso gracias a Emanuel, a su ejemplo. Y muy, muy pronto –volviendo a dirigirse a Xavier– regresarás al despacho y quién sabe adónde irás después. Tienes toda la vida por delante, apenas estás empezando. Un simple tropiezo no va a interrumpir tu carrera. (Silencio, los ojos clavados en una página de la Biblia.) Cuando eras pequeñito y tu hermana empezaba a llorar, tú decías con lengua de trapo: «De nada vale llorar sobre la leche derramada». ¿Te acuerdas? Tu hermana tenía muchas ganas de venir conmigo a visitarte. Quiere verte, ahora que todo ha pasado. Tu hermano, también. A tu padre no le ha parecido prudente. Sabemos que ya está todo bien, que los recibirías con los brazos abiertos; les he dicho que estás tomando conciencia de tu desliz. No me cabe duda de que volveremos a ser una familia unida. Papá les ha aconsejado que esperen un poco más para venir, que esperen a que estés más fuerte. Él cree que de momento no te conviene recibir muchas visitas; necesitas descansar. Pero también es importante que sepas cuánto te quieren tus hermanos. ¿Me estás oyendo, Xavier? Todos te mandan sus mejores deseos para que te recuperes muy pronto. (Xavier sigue hojeando las páginas de la Biblia.) No por nada eres el hermano mayor. Eres un ejemplo para los demás. Cada uno desempeña una función en la familia, y la condescendencia no nos conviene, ya lo sabes. Sí, la enfermedad es otra cosa, claro, nadie está a salvo de un imprevisto; sólo digo que te echamos de menos. Todos te añoramos. Lo que te pasa a ti nos pasa a los demás. Tu hermana anduvo muy triste. Ya te puedes imaginar, en la escuela con sus amigas, los exámenes; en fin, es un período difícil que tenemos que superar juntos, como siempre hemos hecho. Todavía no has vuelto a casa, pero ya estás de nuevo con nosotros y eso es lo que importa. (Otra página, otra, otra, una pausa.) ¿Qué pasaje estás leyendo que no lo puedes compartir con tu madre? ¿Eh? Anda, dime.

Xavier posó la mano sobre la Biblia abierta que tenía en el regazo y miró a su madre. Se lo veía cansado. Génesis, respondió antes de volver a atravesar a doña Silvia como si estuviera mirando más allá de sus ojos negros. Ah, suspiró ella con cierta decepción, y desvió la mirada, el Antiguo Testamento. No lo encuentro tan edificante. Sí, Esther, mujer de belleza inigualable, dijo separando bien las sílabas, y se rio con tristeza. Estabas guapísimo el día de tu primera comunión. ¿Qué capítulo? Xavier contestó lentamente y en voz muy baja, incapaz de disimular la irritación.

—Lot partió de Sodoma con sus hijas. Dios convirtió a su mujer en una estatua de sal.

—Ah, sí, porque ella se giró para mirar atrás.

—Porque ella se compadeció de los gritos de dolor de quienes se habían quedado allí. La ciudad ardía en llamas.

—Contra las órdenes de Dios. Él se lo había advertido.

El habla de Xavier pareció desbocarse, los ojos clavados en los ojos de su madre, tartamudeando a ratos. Quería ir más rápido de lo que le permitían sus fuerzas.

—Génesis, capítulo 19 —continuó Xavier—. El ángel del Señor no advirtió de nada. Dios no avisa: castiga cuando quiere. Nuestro libro está equivocado. Lot sigue caminando con sus hijas hasta una ciudad cercana, pero no le basta, tampoco quiere trepar una montaña; le pide al ángel del Señor que le conceda esa gracia y lo deje llegar a «aquella ciudad —dice Lot— que es muy poca cosa». Le dice al ángel: «Concédeme que me refugie allí (por ventura, ¿acaso no es muy poca cosa?) y en esa ciudad viviré». Y el ángel así se lo concedió y la ciudad se llamó Segor, que significa «poca cosa», «nada». ¿Sabes por qué, madre? ¿Por qué era importante para Lot llegar a la nada?

Doña Silvia no respondió. Se quedó mirando por la ventana en silencio. La voz de Xavier cobró fluidez y una potencia extraña.

–Porque, mamá, nunca estamos protegidos de la ira divina. Eso es lo que Maricota nunca nos contó. En los libros de Maricota los ángeles eran altos, rubios y limpios. Los ángeles del Señor, mamá, siempre fueron viajeros sucios, extranjeros, mendigos. Abraham bien que intentó negociar con Dios la salvación de Sodoma. ¿Conoces ese pasaje? Es muy gracioso, de verdad, vale la pena oírlo. –Ahí se rio a carcajadas–. Escucha.

Xavier se levanta en ese momento y da inicio a una representación del diálogo bíblico. Interpreta a Abraham con acento extranjero, caricatura de judío comerciante, medio encorvado; se restriega las manos y lanza una mirada pícara hacia lo alto, donde estaría Dios. Su Dios era gordo, fuerte, con voz de Papá Noel.

–¡El clamor contra Sodoma y Gomorra es muy grande! ¡Sus pecados son muy graves! Voy a descender para ver si es cierto o no todo lo que claman contra ellos. Entonces lo sabré todo. –Así hablaba este Dios a quien Abraham contesta desde abajo–: «¿Harás pagar a justos por pecadores? Tal vez haya cincuenta justos en la ciudad. ¿Destruirás y no perdonarás a la ciudad pese a los cincuenta justos que están en su seno? Es impropio de ti hacer semejante cosa: ¡dejar morir al justo entre los pecadores, de modo que al justo se lo trate como a un pecador! ¡Impropio de ti! ¿No hará justicia el juez de toda la tierra?». Mira, mamá –continúa Xavier caminando por el pequeño cuarto–, Abraham tutea a Dios, negocia con él. Ésa era su costumbre; taimado y sumiso, Abraham prueba suerte porque su interés es salvar a su primo Lot, porque fue con Lot con quien Abraham salió de la casa paterna y viajó a Egipto. Se fue con Sara, su mujer, que todavía no tenía ese nombre, otorgado después por Dios, sino que se llamaba Sarai. En Egipto, Abraham temía que la belleza de Sarai atrajera a los hombres y provocara su desgracia. Por eso cuando llega allí dice que es su hermana y, cediéndosela al faraón, consigue ovejas, tierras y prestigio. Dios castiga al faraón por vivir en pecado con una mujer casada y le manda plagas. Descubierta la jugada del proxeneta Abraham, que en esa época sólo se llamaba Abram, el faraón lo expulsa de Egipto, pero, temeroso del poder de aquel Dios extraño que castiga al engañado y premia a quien prostituye a su propia esposa, le permite marcharse con sus posesiones. Abram parte con Sarai, Lot y todos sus hombres y animales. Llegan a una región entre Néguev y Bethel y allí se instalan. Pero la tierra no es suficiente para todos: hay riñas entre sus pastores. Abram llama a Lot y le dice: «Elige: si vas a la derecha, iré a la izquierda, y, si vas a la izquierda, iré a la derecha». Lot se marchó hacia Oriente, siempre Oriente, la elección equivocada. Lot se va con sus pertenencias y sus hombres hacia las planicies del Jordán y finalmente se establece en Sodoma. Entonces Abraham, ya rebautizado por Dios, intenta salvarlo. Y prosigue la negociación. Dios contesta: «Si llego a encontrar cincuenta justos en Sodoma, perdonaré a toda la ciudad por ellos». –Xavier se encorva, se restriega las manos, suelta una risita nerviosa, dobla el pescuezo y se dirige al que está allá en las alturas–: «Me atrevo a hablarle a mi Señor, yo, que sólo soy polvo y ceniza. Pero dime, Dios, es posible que falten cinco para completar los cincuenta: ¿acaso piensas destruir toda la ciudad por sólo esos cinco?». –Con voz grave y potente–: «No, si encuentro cuarenta y cinco justos perdonaré a la ciudad entera». «Quizá sólo existan cuarenta.» «No lo haré si hay sólo cuarenta.» «Que la furia de mi Señor no caiga sobre mí si digo que es posible que sólo existan treinta justos en la ciudad.» «No la destruiré si hay sólo treinta.» «Que la furia de mi Señor no caiga sobre mí si digo que quizá sólo haya veinte.» «No la destruiré si encuentro veinte.» Conociendo bien a su pueblo, Abraham insiste una vez más: «Que la furia de mi Señor no caiga sobre mí y hablaré una última vez: quizá no haya más que diez justos». «Si hay diez no la destruiré.» –Xavier recobra su propia voz y prosigue en tono grave y pausado–: Y Sodoma fue destruida. ¿Sabes qué intentaron hacer los sodomitas con los enviados del Señor que fueron a la ciudad para buscar a los diez justos? Los ángeles asumieron la forma de unos viajeros extranjeros y Lot los recibió y los llevó a su casa. Los sodomitas cercaron su hogar y trataron de llevárselos a la fuerza para abusar de ellos. Le decían a Lot: «Sácalos para que podamos abusar de ellos». Está en la Biblia, madrecita. ¿Y sabes lo que Lot les propuso? Les propuso que, en lugar de darles a los extranjeros, les entregaría a sus dos hijas vírgenes para que hicieran con ellas lo que quisieran. En esta edición se incluye una nota que explica: la honra de una mujer tenía entonces menos consideración que el deber sagrado de la hospitalidad. Por miedo al qué dirán, ¿te suena? Seguimos siendo bíblicos, con la gracia de Dios, y lo apropiado todavía se antepone a lo moral.

—Xavier, tú siempre con tus bromas, pero ya basta —suspiró antes de hablar con firmeza doña Silvia, que ya iba arreglándose la ropa, recogiendo sus cosas, doblando las bolsas para dar por concluida la visita.

—No, mamá, apenas estamos empezando, y por el principio, como debe ser. Es preciso comprender esta historia. La violencia, el sexo y la negociación están ahí, son el principio de todo. La honra de una mujer y la posición de un hombre en su ciudad, cada cosa en un platillo de la balanza: ¿qué vale más? Tú siempre lo has sabido, todos vosotros siempre lo habéis sabido, mamá; leísteis el libro que había que leer. Nadie me había contado estas cosas. Me camuflasteis el cuento, me hicisteis creer en la buena nueva de Cristo, pero el Señor, su padre, es más fuerte, más antiguo y persevera en el corazón de nuestras ciudades. En todas ellas.

—Hijo mío, no deberías hacer chistes con estas cosas. Eso no se hace.

—¿Qué es lo que no debo hacer, mamá? ¿Leer la Biblia?

–Leerla de esa manera. No te está haciendo bien.

–Pero es el único libro que hay aquí en este hospicio. Y está bien que así sea, amén, porque es el primer libro, mamá, mira, todo empieza aquí. Hasta las leyes. Sí, deberían darnos clases de ley divina. Está todo aquí, con justicia, exigencia de testigos, plazos, castigos en todos sus detalles. Si se comete un crimen y no se captura al asesino antes del amanecer del día siguiente, ya no se lo puede matar, debe ser sometido a un juicio; si un animal se tuerce la pata en un agujero abierto por otro animal y se le parte, ¿qué se debe hacer? Dios dicta el correcto proceder, Dios está en los detalles, todo lo humano le interesa. Está todo aquí.

Xavier pasaba las páginas, señalaba con el dedo, citaba capítulos y versículos, iba de acá para allá mientras buscaba el pasaje apropiado. Se reía, se enfurecía. De repente adoptaba un tono humorístico, agarraba a su madre del brazo para obligarla a leer en voz alta las palabras exactas. El contacto de su hijo incomodaba a doña Silvia, quien, con un delicado gesto de desagrado, retiraba la mano masculina de su finísimo brazo. No perdía el control, pero se la veía asustada.

–¿Sabes lo que les sucedió al final a Lot y a sus hijas? –Xavier respiró profundo y me miró con malicia–. ¿Sabes lo que hicieron las hijas con el viejo? ¿Lo sabes, mamá?

Doña Silvia, resignada e irónica:

–No, hijo mío, seguramente tú puedas contárnoslo.

Xavier sonrió avergonzado; parecía un niño a punto de recitar un poema delante de los adultos.

–Ellos eran los únicos miembros del pueblo elegido en aquella ciudad nueva donde se habían refugiado. Era preciso dar continuidad al linaje y lo de mezclar la sangre del pueblo elegido con la sangre común estaba más que descartado. Entonces, mire usted, doña Silvia, la solución que encontraron las hijas de Lot.

De pie frente a su madre, que estaba sentada en el borde de la cama, Xavier se bajó los pantalones del pijama y empezó a masturbarse.

–Emborracharon y se follaron a su padre sin piedad. Primero una, después la otra.

Doña Silvia se levantó furiosa y encarando al hijo, mirándolo directamente a los ojos, susurró con voz potente:

–Basta, Xavier. Has rebasado todos los límites. Compostura, jovencito. Basta de hacer el idiota. Vístete inmediatamente. De nada vale ocultarse detrás de la locura. No, señor. Decencia y comedimiento, eso es lo que te robó la muchachita aquella. No admito esta falta de respeto, ¿me oyes? Todo tiene un límite.

Doña Silvia hablaba sin levantar mucho la voz. La ferocidad se le concentraba en los ojos, el cuello y la boca, pero el tono de su voz era aún más bajo de lo normal.

–Haroldo, ten la delicadeza de ayudar a tu amigo a vestirse –ordenó doña Silvia mientras agarraba sus bolsas y se dirigía a la puerta.

Me acerqué a Xavier al menos para subirle los pantalones, pero él me empujó y corrió hacia su madre gritando sin dejar de reírse: está en la Biblia, mamá, está en la Biblia. No me lo he inventado. Se tropezó en sus pantalones y cayó de bruces al suelo. Doña Silvia siguió su camino sin volver la vista atrás.

Disculpa la hora. Estaba resolviendo varios asuntos urgentes cuando me llamaste, todo el mundo exigiendo. Hacía mucho que no entraba en una racha buena de trabajo; no podía dejarla pasar. Antes esnifaba para aguantar. Me empezó a hacer mal; la cocaína es una mierda. Tuve que dejarla. Hoy por hoy tengo alucinaciones olfativas; me gustaba mucho y a veces sin ella la vida es difícil, jodidamente difícil. Sucede que, con un hijo, ya sabes, toca levantarse temprano, cepillarle los dientes, contarle cuentos para dormir, y ya no podía más; día tras día la rutina se me hacía más cuesta arriba y me irritaba cada vez más. Me fui al carajo. Pero ahora ya estoy tranquilo y tomo unos remedios que me ayudan, además de vino y vodka. Sé que vas a estar poco tiempo por estos lares y no quiero dejar esto para más adelante; me gusta charlar contigo, dicho sea de paso. Me puse un poco nervioso cuando me llamaste y, la verdad, me da un alivio enorme poder contarte todo esto.

Con el tiempo, Teodoro se fue convirtiendo en un pesado fantasma y ahora, hablando contigo, hasta me divierto. No, no es gracioso, al contrario: es complicado. Estaba pensando, mientras venía en coche, estaba pensando que tu seriedad y tu necesidad de saber sobre Teo me hacen recordar las cosas de otro modo. Es lo que tiene decir la verdad. Parece que sólo así puedo enterrar a mi amigo, dejarlo ser otra vez un buen recuerdo. O uno malo, no sé. Una de cal y otra de arena, corona de flores.

Sobre lo que pasó en Jequitinhonha, antes del viaje por el río São Francisco, ya te conté todo, en qué estado se hallaba, nuestra desavenencia, el cerdo, el lugar. Se fue acercando el día de viajar a Pirapora, donde debíamos encontrarnos con los amigos que venían de São Paulo para hacer el famoso viaje en vapor. Tu padre amenazó con no ir, tenía mucho trabajo pendiente: arreglar una cerca, el techo de la casa de no sé quién por hacer. A esas alturas habíamos logrado reconstruir cierto equilibrio entre nosotros, la energía de la amistad volvía, un poco distinta, es cierto, pero ahí estaba de nuevo. Una noche fuimos a la casa de la Paraguaya, que quedaba en las afueras de una ciudad cercana, un poco más grande que nuestro casco histórico. En realidad, lo único que allí había era la casa de la Paraguaya. Yo nunca había estado con una puta. No por nada, sino que simplemente no había tenido la oportunidad. Creo que él tampoco, al menos en São Paulo. Teníamos nuestras novias y amigas, y todo bien con eso. Lo de hacerlo con dinero de por medio nos parecía medio amenazador y hasta bochornoso. Tu padre siempre fue cortés, nunca fue fanfarrón ni tampoco enamoradizo. Aún no había tenido una novia con todas las de la ley, nadie que sacara su parte seria. Y él, con ese estilo intelectual y sesudo, seguía su camino sin comprometerse con nadie. Nunca hablábamos sobre nuestros rollos: hablábamos de las fantasías, del tipo de mujeres que nos gustaban, de las distintas posturas para echar un polvo, nunca sobre polvos reales. Cuando las cosas empezaron a ocurrir en serio dejamos de hablar de sexo o de amor. Fue un acuerdo explícito. Una decisión de Teo que interrumpió nuestras conversaciones sobre los deseos de cada quien. Las palabras echaban a perder lo que iba a suceder y volvían mediocre lo que ya había tenido lugar, así me lo dijo una noche de verano en voz baja, en la veranda de arriba que daba a los dormitorios. Estuve de acuerdo. Y por eso el asunto se quedó en el plano más canalla, todo restringido a las técnicas o posibilidades, y al final ninguno tenía idea de qué le pasaba al otro.

A pesar de no conocer a Teo en acción, lo que vi en la casa de la Paraguaya no me pareció una novedad. Teo se dejaba amar. Eso era. La casa era pobre, como todas las de aquella calle. La ciudad tenía negocios, una iglesia; la calle, de tierra apisonada, quedaba a la salida y más allá sólo estaban la autopista y el monte. Casuchas con paredes de adobe, algunas sin pintar o ya tan descascarilladas que tenían el mismo color del suelo. Sillas en las aceras, madres peinando a sus hijas, niños corriendo, perros flacos y enfermos echados en plena calle, terrenos baldíos, marañones con las ramas retorcidas y gallinas picoteando el suelo, basura, mujeres asomadas a las ventanas. En el bar, los hombres, un caballo amarrado a un tocón a la entrada, coches viejos con la radio a todo trapo. Bebimos aguardiente, observamos a los jugadores de billar. En la acera, viejos sentados a una mesa de plástico jugando al dominó, otro aguardiente. La gente conocía a Teo, que vestía pantalón de dril, camisa blanca de botones y manga corta; el pelo, peinado hacia atrás, mojado, como de película de los años cincuenta. Igual que los lugareños. Y guapo, tu padre era guapo. Cuanto más se parecía a ellos, más llamaba la atención. Quizá fuera por lo mucho que lo había echado de menos en la ciudad o por cómo ya empezaba a echarlo de menos en aquel momento estando a su lado. Pero en aquel bar, achispado y nervioso como estaba por la perspectiva de las mujeres, vi a tu padre desde muy lejos y tuve un presentimiento horrible: Teo se exigía por encima de sus fuerzas, no iba a conseguirlo. Cualquiera en aquella calle, eso es lo que yo pensaba, cualquiera se daría cuenta de que él, con esa ropa, la piel bronceada y el acento mineiro, como el de todos los lugareños, era más diferente a ellos que yo mismo, un paulista blanquito de pelo largo y una bata india de un color rosa inverosímil en aquel rincón. Teo nunca sería una persona cualquiera.

De acuerdo, nadie lo es. No es fácil añorar a un amigo así y lo que sucedió después hizo que mis recuerdos de aquel viaje se desfiguraran. La culpa también hizo lo suyo. Pienso que en aquellos días todavía habría podido convencerlo de regresar, pero ni siquiera lo intenté, no me tomé en serio mi corazonada, no fui capaz de interpretar cabalmente lo que sentí. Al principio me pareció divertida la vida de allí y el interés de Teo por las personas y por aquel mundo. Cuando comprendí que no estaba de vacaciones, sino enfrascado en una búsqueda de sentido, me molestó, me pareció que sobreactuaba y que aquella sobreactuación era también un modo de censurarme. No creía que sus nuevos amigos, los de aquel bar, por ejemplo, ni siquiera don Néstor y su familia, pudieran ser sus amigos de verdad. O sea, eran buena gente y todo, pero había algo que no encajaba.

En la casa había una vieja, otra mujer y una tercera que era una jovencita muy guapa. Había otros hombres esperando afuera, conversando, apoyados en la pared o merodeando por ahí. Teodoro saludó con la mirada, señaló a quién quería y entró directo; la mujer lo siguió. Como haciéndose el caradura. Me quedé sin saber qué hacer. La jovencita se me ofreció y me llevó adentro. Estaba oscuro y había un olor muy fuerte a coito rancio. Nos metimos en una habitación de la planta de arriba y la chica, bueno, tenía mucha más experiencia que yo. Tenía todo el vigor de una niña y los gestos de una mujer poderosa. En el interior, en la penumbra, su demacrado y suave rostro parecía una máscara diabólica.

Me hizo cosas que nunca había imaginado siquiera, buenas, muy buenas. Me asustó sentir semejante placer, no querer parar nunca y no controlar lo que me dejaba así, con aquella sensación. Me dieron ganas de morirme y de matar. Teo salió riéndose a carcajadas, y yo, completamente vacío y eléctrico.

Volvimos caminando. Una noche sin luna; el cielo, cuajado de estrellas. Le pregunté por qué había preferido a la mujer, y no a la chica. Me contestó que con las jovencitas era otra cosa. Le dije que aquélla no era tan inexperta y que le contaría todo lo que ella sabía hacer y cómo lo hacía, pero él se molestó y me dijo que no quería saber nada, que la conocía muy bien: «Ella es mi hermana, no es ninguna puta. No para mí. Puedes tirártela y disfrutarla todo lo que quieras, pero no quiero saber los detalles. Me acuesto con mi hermana y lo que hacemos es asunto nuestro y de nadie más». Siguió caminando. Estaba feliz. En aquel momento pensé que Teo acababa de completar su exhibición del nuevo mundo, incluso de los secretos que permanecerían ocultos para mí, señal de que ya podía largarme de allí. Él estaba contento.

A pesar de eso, no sé si por insistencia mía o si aún le quedaba algo por revelarme, el hecho es que Teo vino conmigo a Pirapora y al viaje por el río São Francisco. Además de Carmem, que en aquella época era mi novia y Teo todavía no la conocía, vinieron con nosotros tres amigas más, junto a Rafael y Helinho. Fuimos a buscarlos a la terminal de autobuses y dormimos todos en una posada en Pirapora. Teo estaba como en los viejos tiempos, bebimos mucho; él habló de sus andanzas sin ningún tapujo, nada que ver con la cerrazón mineira de los otros días. Hasta parecía aliviado, riéndose de las pequeñas barbaridades, totalmente a gusto con las palabras y con el sarcasmo. Pero algo no andaba bien, individualmente y en el grupo. Había pasado más de un año, la química de la pandilla no era la misma; la inteligencia de Teo o su modo provocador de ver las cosas, que le daban cierto ascendiente sobre nosotros, ya no nos resultaban tan interesantes. Exceptuando a la novata Carmem, cosa que empezó a preocuparme.

Ya en el barco se fue poniendo más descarado, casi agresivo. No sé si todavía existe ese vapor. Funcionaba con leña y de vez en cuando teníamos que parar a la orilla para cortar madera. Era un medio bien precario; servía a la gente de la zona para ir de un lado al otro del río, no era un barco para turistas. En la parte alta había camarotes con camas y la comida se servía en mesas comunales. Nosotros viajábamos en segunda clase, en la cubierta de abajo, y dormíamos en el mismo suelo donde comíamos. Ignorantes como éramos, nos llevamos unos sacos de dormir de nailon con los que nos moríamos de calor y se ensuciaban mucho. Los lugareños llevaban su hamaca, que se amarraba a los travesaños del barco. Teo no había llevado nada. La dueña de la posada en Pirapora le había conseguido una esterilla de paja y una sábana. Al segundo día a bordo, en plena cubierta colgaron de las patas traseras a un carnero y lo mataron. Iban descuartizando el animal para darnos de comer y la sangre chorreaba por todas partes, mucha mosca también. Era divertido, no nos preocupaba la mugre, no nos preocupaba nada, en realidad. Pese a las diferencias, había buena onda entre nosotros y la gente de allí. Una curiosidad mutua y, por supuesto, ayudaba el hecho de que las chicas estuvieran con nosotros. Íbamos todo el día en pantalón corto, y ellas, en bikini. Se fueron poniendo cada día más y más morenas; en las ciudades donde parábamos se compraban vestidos de algodón floridos, sandalias de cuero trenzado.

Teo era como un lugareño más; consiguió el espacio más fresco y aislado para que durmiéramos todos; sabía cómo comportarse, cómo hablar; tocaba la guitarra, se hacía amigo de la gente entre puerto y puerto. Y todo le salía con naturalidad, nunca parecía tímido ni excitado, al contrario de nosotros. Una a una, las chicas se fueron acostando con él. De acuerdo, Neca, Filó y Teresa no eran pareja de nadie, ni querían serlo. Eran las vacaciones de verano: se estaban divirtiendo y ya. Pero, por más que todo pareciera ir bien, al final no era así. Ellas conocían a Teo y todos, menos Carmem, habíamos sido compañeros de colegio. Se sabía que era uno de esos tipos que no se comprometen, y si la cosa se alargaba un poco era porque ya estaba a punto de terminar. Pero el hecho de que hubiera cambiado tanto, el hecho de que se las diera de lugareño o algo así, traía de cabeza a las chicas, y a él también. Teo andaba en plan macho, chulo de putas. Comentaba con nosotros los polvos que echaba; hablaba de sus hazañas, de los atributos de cada una, exhibía a las amigas como lo haría un playboy de mierda con una chica de compañía de lujo. Con ellas se ponía irónico, tensaba la cuerda del discurso sobre la animalidad primordial que habita en cada hombre y mujer, el placer de la potencia del macho y la sumisión de la hembra.

Neca puso cara de furia y salió corriendo. A Filó y a Teresa, en cambio, les pareció gracioso todo aquel teatro; fingían competir, como las mujeres de un harén, para ver quién atendería mejor al macho. Salían los tres juntos por las ciudades donde el vapor atracaba, iban a ver la feria, la iglesia; tomaban un sorbete, se lo pasaban bien. Ellas estaban cautivadas por ese triángulo, cada día más dependientes de Teo, como dos idiotas infantilizadas. Teresa estudiaba Arquitectura, y Filó, Antropología. Ambas venían de familias conservadoras; siempre fueron buenas alumnas, sacaban las mejores notas y cuando se desataron ya no hubo manera de atajarlas.

El ambiente empezó a enrarecerse: el jueguecito de ellos tres exigía un público, y los demás no estábamos con ánimo de participar. A veces nos juntábamos los ocho, nos sentábamos en el suelo, al final del día, y jugábamos a las cartas o, por las noches, Teo tocaba y daba gusto escucharlo. Cuando cogía la guitarra, volvía a ser un tipo estupendo. Hasta el final fue así. Incluso en los últimos tiempos, cuando volvió a São Paulo contigo, y yo pensaba que no habría forma de volver a comunicarse con él, que tu padre ya vivía en un universo sin ninguna posibilidad de contacto, aun entonces, tantos años después, cuando Teo tocaba la guitarra sucedía algo extraño. Su cuerpo, liberado de todo peso, se relajaba y todo su ser fluía hasta las yemas de sus dedos en dirección a las cuerdas y la madera de la guitarra, un acto generoso y de comunión. Después de aquellos ratos en el vapor, él se refugiaba en algún rincón. Otras veces se ponía a conversar con los marineros, escuchaba sus historias, rehuía la compañía de sus mujeres.

Con Carmem se comportaba como el muchacho serio de la ciudad. Hablaban de filosofía, literatura; él le contaba su vida en Minas en voz baja, que, yo sabía, era su tono más sincero; eso me ponía muy nervioso porque yo admiraba tanto a ese Teo que se presentaba ante Carmem que no tenía ninguna duda de que ella acabaría enamorándose de él, me parecía inevitable. Mi única ventaja era la antigüedad, pensaba yo, y la idea dudosa de que a mi amigo le quedara algo de sentido moral. Qué sé yo, Benjamim, para que te hagas una idea de lo importante y confusa que era mi relación con tu padre, a bordo de aquel barco me di cuenta de que, si Carmem no acababa enamorándose de Teo, me habría sentido defraudado. Tenía la certeza de que era la mujer de mi vida, y de hecho lo fue, sólo que yo, que no tenía dos dedos de frente, ya le había hablado maravillas de Teo antes del viaje. Éramos novios desde hacía poco, pero yo ya sabía que era una relación más seria. Tenía cuidado de no ofender su delicadeza. Carmem se parecía un poco a Teo: se tomaba muy en serio todo, se fascinaba con detalles a los que nadie más prestaba atención. Sin embargo, no estaba en la tensión permanente en la que estaba Teo; no necesitaba demostrarle nada a nadie. Quizá fuera esa cosa que tienen las mujeres bonitas, y Carmem siempre fue una mujer bonita, esa serenidad alegre ante el mundo, sin afanes. Así, desarmada e inteligente, a veces se ofendía por cualquier tontería. Me aterrorizaba perderla, algo que estaba sucediendo delante de mis narices. No quería armar un escándalo; me apartaba, me iba a nadar a solas. Un día hice un chiste idiota sobre las mujeres del pachá Teodoro, incluyendo a Carmem. Teo soltó una risita de hijo de puta y Carmem se ofendió tanto que llegué a pensar que no volvería a dirigirme la palabra, el mayor idiota del mundo. Estuvo sin hablarme un día entero.

Te cuento esta historieta tonta porque recuerdo bien que sucedió justo en la víspera de la tragedia de aquel viaje y del aislamiento final de tu padre. La verdad es que no era mi intención. Pensé que podría contarte lo que sé omitiendo esa parte. En fin, ya lo dije. Yo no estaba con él cuando pasó lo que pasó, sólo me enteré por lo que me contaron Teresa y

Filó. Los tres andaban metidos en el papel del gran macho con sus hembras. Ya te he dicho que a ellas les parecía gracioso que Teo las exhibiera de ese modo, que se lo tomaban como un teatro divertido y eso. Un día, cuando Filó apareció con un ojo morado, con la cara feliz de la mujer de un canalla, me di cuenta de que el asunto se les estaba yendo de las manos. Neca se puso iracunda, fue a hablar con Filó y ésta le dijo que eso era lo que quería, que hasta lo había provocado, que quería tener la sensación de ir hasta el fin, que ninguno de nosotros tenía ni idea de lo delicioso que era, y le pidió que no se metiera. Con Teo no hablaba. Él se reía, decía que no tenía nada que ver con aquello, que Filó seguramente se había resbalado y se había golpeado el ojo contra una esquina, que él encontraba vulgares a las mujeres que disfrutan con el maltrato. «Y detesto la vulgaridad», le decía a Filó entre carcajadas. Y ella le devolvía una mirada de mujer enamorada.

Carmem no cultivaba ninguna mística sobre la idea de abrirse al mundo y a todo lo que viniera, pues le parecía una patochada retórica. Desconfiaba de cualquier visión del mundo que *a priori* excluyera a los otros. Tipo: «Quien no ha dormido en un saco de dormir no sabe siquiera lo que es el sueño» y cosas por el estilo. Quizá por eso había percibido antes que yo el grado de locura que había en ese juego de Teo con Filó y Teresa. Carmem se preocupó –a ella Teo le hablaba con respeto– y me dijo que él necesitaba ayuda, que teníamos que hacer algo. Yo estaba cegado por los celos: sabía que a ella le gustaba cuidar de los demás, pero en su inquietud vi un peligro más para nuestra relación. No le presté la más mínima atención a sus advertencias, le dije que su punto de vista era conservador, que sólo se estaban divirtiendo, viviendo sensaciones nuevas, experimentando el sexo de un modo más violento, que el sexo y la violencia siempre habían estado relacionados y que, al final, lo peor que podía pasar era que alguna de las chicas se volviera puta. ¿Y qué más daba? ¿Cuál era el problema? Mientras hablaba me acordé de la jovencita medio diabólica con la que había follado, del placer que me hizo sentir su violencia, mil veces más dueña de su cuerpo que yo. Por otro lado, me vino a la memoria lo que me había dicho Teo: «Para mí ella no es ninguna puta». Me di cuenta de su desprecio por las putas. Comprendí que para él no había nada que celebrar allí, no para la mujer; Teo lo veía como una forma de humillación. Pensé en Filó y en Teresa, traté de verlas con los ojos de Teo y lo encontré de lo más ruin. En definitiva, nos estaba humillando a todos con aquella exhibición. Carmem hablaba del tema con lástima y preocupación.

A la noche siguiente nos quedamos varados por una avería del motor del barco; la pieza de repuesto no llegaría hasta la mañana del otro día. Estábamos en Bom Jesus da Lapa, una ciudad bahiana de atmósfera deprimente. Un lugar de devoción y peregrinación donde había una caverna claustrofóbica, un montón de gente mostrando sus llagas en la gruta, oscura y llena de hollín, y exvotos, piernas, brazos, retratos, órganos, papelitos. Quise regresar al barco; el olor a humanidad fermentada se me estaba metiendo por la piel. Carmem volvió conmigo y los demás se quedaron en el pueblo.

Después de mi estúpida broma de que Carmem formaba parte del harén de Teo, se produjo un distanciamiento entre ellos y así desapareció el último pedacito que quedaba del Teo de São Paulo. Yo había dado señales, o eso me dijo Carmem, para que él también la mirara como a una zorra. Que alguien como Teo, alguien en el puro filo del abismo, la hubiera tratado de esa manera la metía a ella en el mismo saco de soberbia y libertinaje de sus amigas. Entonces Carmem me habló de que a Teo se le estaba yendo la pinza con las chicas, a quienes llamaba *las paulistas*. El discurso era más o menos así: «¿Por qué ellas no andan en bikini en el autobús cuando están en São Paulo? ¿Por qué no se van a tomar el sol delante de un edificio en construcción? ¿Por qué desprecian así a los hombres de la zona? ¿Quién las autoriza a comportarse de ese modo? El pueblo trabajador pasa por aquí, vende su *farinha* y vuelve a casa con sal, azúcar, café, dos metros de paño para su mujer y se topa en el camino con una hembra madura en interacción con la naturaleza. Él es la parte de la naturaleza tentada y excluida de esa integración cósmica, arde en silencio, arde con furia, listo para pagar el precio. Ella va vestida con un velo fino que cubre su carne morena, dispuesta a integrarse con la fertilidad de los mercados que huelen a yaca y orín, visita los belenes en los altillos de las casas viejas, acepta sonriendo el licor de jagua que le ofrecen las señoras propietarias, encuentra linda la sencillez de las capillitas y el pueblo, se acuclilla a la puerta del bar y bebe una cerveza y sonríe porque toda comunicación se hace posible, porque es brasileña y forma parte también de aquellos trozos antiguos y hermosos de vidas, su corazón palpita y se carcajea como un hombre de los chistes de los hombres, somos todos hermanos, piensa ella, la vida es simple». Y Teo, me dijo Carmem aquella noche en el barco, inmóvil y silencioso, Teo cree que tanta alegría resulta ofensiva. La ausencia de miedo es una falta de respeto. «¿Quiénes son esas mujeres? Son pura belleza y puro poder, una cosa fragante que pasa. Ellas son piel, pecho, coño, andar, la sonrisa blanquísima, ellas son eso y nada más. Es el cuerpo que se está comunicando; el núcleo de todo en esas transacciones son los cuerpos, de un lado y de otro. La rama de un árbol, una mariposa que vuela, una piedra en plena calle, la cal mojada, el cigarro liado a mano, eso es este pueblo ante la mirada de estas mujeres, eso son ellas para la mirada del pueblo. Un caballo que corre, potrancas que da gusto ver y montar, si surge la ocasión. Por eso son ligeras, sin peso y con gracia, del mismo modo que la capillita de pueblo, el licor de jagua y el olor de la yaca son para ellas esa ligereza. Ligereza vacacional. Sólo que el pueblo se queda aquí, la iglesia se queda aquí y las casas tienen dueños; no hay pausa ni vacaciones y nada es simple. Por eso ellas tienen la necesidad de sentir el cuerpo, necesidad de la herida, de la dominación en el cuerpo; sólo así surge un rostro con nombre, una cosa que es sólo de ellas y de nadie más, aunque sea sólo el dolor y la sangre, sólo así existe el alma.»

La historia que contó Filó es que los tres estaban en un bar y un lugareño, un hombre mayor que ellos, se sentó a su mesa. Empezó a conversar con Teo, se puso a hablar de los peregrinos, ya que él tenía un camión en el que llevaba allí a la gente los domingos, y les contó de los milagros que describían los feligreses. Todo eso bebiendo cerveza, los cuatro. Al principio el tipo sólo hablaba con Teo, solamente lo miraba a él. Las chicas se sumaron a la conversación y él vio que estaba todo bien, que podía mirarlas, hablarles y no pasaba nada. Entonces llegó la escena de explicar quién era quién, y el tipo preguntó cómo un solo hombre podía tener dos mujeres, si por casualidad no estaría una de ellas disponible para él, y Filó decía que el tipo parecía muy manso, que hablaba medio en broma. Teo le contestó que él no era dueño de nadie, que ellas no eran sino unas hermanitas divirtiéndose, y el hombre le volvió a insistir a Teo sobre si no tendría alguna hermanita de sobra para un hijo de Dios; se rieron y se quedaron todos en silencio. Teo las miró, dijo Filó, y les preguntó: ¿entonces, hermanitas? ¿No pensáis contestarle al caballero? Filó contó que en ese momento se puso sobria del susto, como una niña, tiró de su silla para alejarse del hombre, agarró a Teo del brazo y escondió la cabeza. Teresa, en cambio, no pareció darse cuenta de adónde iba la cosa, se rio, acarició el pelo del señor y le dijo: ¿sabe qué, amigo? Es que somos muchachas muy serias. Teo soltó una carcajada y el hombre dio un palmetazo en el muslo de Teresa y le dijo: eso sí que no. Teresa estaba borracha, y creo que le gustó sentir esa mano pesada. El hombre la agarró por la nuca y se le pegó a la cara; ella se estremeció toda y cerró los ojos. Las manos del tipo fueron subiendo y ella parecía estar deseosa de más, entregada al manoseo, pero cuando él quiso darle un beso ella pegó un grito. El hombre la agarró con mucha firmeza, intentó forzarla; ella se levantó de un brinco y tiró al suelo la silla y los vasos. Entonces Teo se interpuso. Teresa, temblando de miedo, lloraba y decía que se quería ir. El bar entero miraba la escena; otras personas se acercaron. Teo salió de allí arrastrándolas, enojado y con prisa. Teresa no paraba de llorar. Tiene un diente podrido, tiene un diente podrido, repetía. La oscuridad había caído sobre la ciudad y estaban muy lejos del barco; Teresa no dejaba de escupir en el suelo y temblaba mientras Teo las apuraba diciendo que no podían parar.

El tipo los alcanzó por detrás, le pegó un botellazo a Teo en la cabeza y agarró del brazo a Teresa. Teo cayó al suelo con el rostro ensangrentado, Filó se agachó a auxiliarlo y no vio adónde se habían llevado a Teresa. Todo ocurrió muy rápido, contó Filó, hasta que empezó a oír los gritos de Teresa y del hombre, que la insultaba. Teo se levantó y corrió hacia los gritos. Cuando los encontró, a Teresa ya le habían arrancado el vestido y las bragas, y el hombre le estaba chupando toda la cara. Teo se enfrentó a él, que iba armado con un cuchillo. Teresa berreaba; Teo agarró la primera piedra que encontró a mano y la usó para golpear al tipo en la cabeza. En eso aparecieron Rafa, Helinho y Neca. Rafa y Helinho tuvieron que arrancar a Teo de encima del tipo, a quien no dejaba de golpear con la piedra. Salieron corriendo en dirección al barco.

Uno de los chicos le puso una camisa a Teresa, que tenía las piernas ensangrentadas y no paraba de llorar. Entraron a una calle iluminada, ya cerca del muelle, y Teo, que tenía la camisa roja de sangre, se tambaleó delante del barco y se desmayó. Había un médico a bordo y nos aconsejó que lleváramos a tu padre al hospital, pero el capitán dijo que no, que era mejor atenderlo allí mismo. Llevaron a Teo a los camarotes de arriba. El tajo del estómago era profundo y muy feo, pero no había tocado ningún órgano. Consiguieron desinfectar la herida y creo que el doctor aquel tuvo que coserlo con aguja e hilo normales, parecía buen médico. Teo pasó la noche en uno de los camarotes de arriba, y me quedé con él por si acaso necesitaba algo. El capitán arregló todo y me di cuenta de que su mayor miedo no eran las condiciones del hospital de Bom Jesus, o su consideración hacia nosotros, sino el temor a cualquier enredo con la policía. Si nos ocultábamos en un camarote de aquellos, lejos de la vista de los otros pasajeros y de los que paseaban por el muelle, sería más fácil partir sin ninguna complicación.

No sé, Benjamim, no sé si el tipo acabó muerto. Nunca lo supimos. Helinho dijo que había visto a Teo, totalmente fuera de sí, golpearlo con mucha fuerza. Teresa tenía moretones y arañazos en todo el cuerpo, y el rostro hinchado, pero la sangre era de la menstruación. Por eso el tipo la insultó y le pegó: no porque ella se resistiera, sino porque tenía la regla. Las chicas la cuidaron.

Teo se despertó de madrugada y preguntó si Teresa estaba bien; le dije que sí. Volvió a dormirse; gemía, hacía un sonido como de llanto, llanto en sueños. Le di un empujoncito a ver si se le pasaba la angustia, pero Teo se sentó en la cama de un brinco y empezó a gritar, hijo de puta, hijo de puta, hijo de puta; después volvió a caer en la cama aullando de dolor, la herida se le había abierto un poco y le salía sangre blancuzca por debajo del apósito. Intenté llamar al médico, pero él no me dejó. Aprieto con fuerza la barriga y el dolor se me pasa, dijo. Antes del amanecer el silbato del barco indicó que íbamos a zarpar; no sé cómo se las arreglaron sin el repuesto, pero nos fuimos en medio de la oscuridad de Bom Jesus da Lapa. Teo se despertó con el barullo de los pasajeros y ya no pudo volver a dormirse. Creo que murió, dijo, creo que maté al muy hijo de puta. Tendrán que conseguir otro conductor. Los peregrinos, los fieles, los que van allí a hacer promesas, deberán darse la vuelta. Y yo también.

¡Luz de mi vida! ¡Benjamim, mi pequeño, hijo del buen augurio, que Dios te bendiga siempre! Con esas palabras te saludaba tu abuelo. Sigues teniendo la misma piel luminosa de cuando eras un niño. Tu padre no vino ni te trajo a ti al entierro. Después de la muerte de Xavier, Teodoro sólo volvió aquí cuando fui a buscarlo.

Al principio pensé que su huida de São Paulo, a los diecisiete años, había sido una cosa de juventud. Dos años después naciste tú y ahí me di cuenta de que no había entendido nada, no sabía por qué rumbos se estaba enredando tu padre. No tenía nada que ver con una comprensión política más profunda de lo que estuviera ocurriendo en Brasil ni de su papel en esa historia, como sí fue el caso de Henrique, con sus visitas a las fábricas, el gusto repentino por el billar y los bares de la periferia, el trabajo en las favelas. El suyo tampoco fue un viaje *hippie*, cosa que llegué a imaginar, tal vez por culpa de las experiencias de Flora y sus viajes con el grupo, un contacto más estrecho con la naturaleza salvaje, consigo misma y con el mundo, pero no, tampoco era eso. En determinado momento las cartas de Teodoro señalaban en una dirección más parecida a la de Leonor, vinculada a la música, pero sin el carácter casi sacerdotal que ella le daba a su estudio. En aquella época, Lenoca andaba metida en la macrobiótica, se despertaba al alba para hacer yoga, estudiaba horas de piano clásico y música contemporánea erudita. Fue poniéndose amarilla y yo tenía miedo de encontrármela un día levitando. Fue un alivio cuando Leonor comenzó a interesarse también por la música popular y a estudiar sus orígenes. Era algo más terrenal. Teodoro le enviaba partituras de la música que iba escuchando y transcribiendo. Imaginé que, con su espíritu científico, acabaría inclinándose por ese lado de la investigación, tal vez algo ligado a la antropología cultural.

El camino de cada uno de mis hijos fue una novedad para mí no sólo por la elección de sus profesiones, sino por los percances y los escollos que tuvieron que superar para pisar firme. Xavier no prestaba mucha atención a esas cosas, conversaba con ellos y no se asombraba de nada, los trataba como iguales, competía con ellos, se enternecía. Yo no tenía ninguna pauta para acompañarlos, ellos mismos me fueron guiando y yo iba a remolque; volví a la adolescencia con cada uno de mis hijos. Confieso que sentí curiosidad, incluso excitación, cuando Flora empezó a dormir con su novio en casa o cuando Henrique vino a contarme que había fumado marihuana. El hecho de tener que ocuparme al mismo tiempo de la comida, de la casa, de lavar la ropa, de curarles los rasguños, del dinero, en fin, de darles el sustento necesario para despegar, no bastaba para hacerme más lúcida que mis propios hijos. Siempre tuve una sensatez muy elemental, ligada al mero instinto de supervivencia. Cuando intuía algún riesgo mayor, el espíritu del doctor Belmiro se manifestaba en mí y trataba de poner algo de juicio en todo el entuerto, crear algo de complicidad, ser una voz no tanto conservadora, pienso yo, sino más bien de conservación. Al final, la vida sabe cómo cuidar de sí misma y, entre muertos y heridos, acabaron salvándose casi todos.

Antes de la travesía en vapor que Teodoro y sus amigos hicieron por el São Francisco, antes de su desaparición, sus cartas podían parecer confusas y, a veces, hasta indicaban un estado de dispersión, pero eran las cartas de una persona interesada en el mundo. Más adelante, cuando volvió a escribirnos, las cartas se volvieron más formales y breves, escritas por la pura obligación de mantener el contacto. Antes de establecerse en el Cipó, anduvo deambulando por algunas haciendas de la región. Su interés por aquella vida escapaba a mi entendimiento. No supe de la pelea en Bom Jesus da Lapa ni de su convalecencia, como tampoco supe después de su matrimonio con Elenir ni de tu nacimiento. Lo único que comprendí es que Teo estaba cansado y quería estar solo. Pensé en ir a visitarlo, incluso contra su voluntad, pero la vida pasó corriendo: que si el nacimiento de un nieto, que si la facultad exigiéndome cada vez más porque en aquella época era directora del departamento, que si Xavier enfermo.

Entonces fue cuando vino Teo. Estaba muy esquivo, muy cambiado, demasiado adulto, casi viejo. Teo siempre tuvo alma de anciano, nació así. Era más receloso que los demás, introvertido. Hasta que no volvió no me di cuenta de lo mucho que debió de haber sufrido en aquellos años lejos de casa. Estaba rígido, con cuerpo de trabajador, los hombros anchos, las manos ásperas. Tú eras un niño alegre, curioso, no tardaste en llevarte bien con toda la familia. Teodoro no te soltaba, parecía tener miedo de que te hiciéramos algún mal.

Tras la muerte de Xavier, fui a Cipó dos veces, en los años en que tu padre seguía viviendo allí. La segunda vez fui para traeros a vosotros dos de regreso. Leonor fue a veros en unas vacaciones, pero sólo trajo noticias vagas, no me lo contó bien. Fue con Renata y Rodrigo; se hospedaron en el Hotel da Serra y pasaron allí un mes entero. Tú también estuviste de vacaciones en casa de Leonor, aunque creo que nada más fue una vez porque a Teo no le gustaba separarse de ti, estaba muy apegado a ti, tal vez también porque volviste con ideas raras. Cuando eras niño te gustaba venir a São Paulo. Henrique nunca fue a Cipó, tampoco tenía mucha paciencia con tu padre. El hermano mayor y el menor. Pero, todo hay que decirlo, fue gracias a Henrique como conseguí mantenerme a flote.

Me dices que Haroldo te ha hablado de la crisis de Xavier, pero eso es otra cosa y tampoco me cabe duda de que debe de haber exagerado. Haroldo es abogado, no te olvides de eso, y está defendiendo su causa; puedes estar seguro de que está contando un cuento en el que él hace el papel del bueno, y está en todo su derecho de hacerlo. La verdad es que en una historia como ésta nadie puede decir que hizo bien o que hizo mal. Vanidades y fantasías aparte, lo que importa es que tú sepas que no hay ninguna patología mental en la familia. Si la hubiera, no habría ningún problema en reconocerlo, pero sucede que no es así. Hoy en día está de moda atribuirlo todo a la depresión, al trastorno bipolar o a la herencia genética. Teodoro sin duda enloqueció, pero el mundo y las decisiones que una persona toma a lo largo de su vida también pueden conducirlo a la locura. Tenemos algo de poder sobre nuestro destino; las cosas no se pueden reducir a la genética.

Fumé toda mi vida, nunca hice ejercicio ni gimnasia; odio todo eso. Prefiero la noche al día, la ciudad al campo, el arroz blanco y la carne roja, me encanta el azúcar refinado, el dulce de guayaba, el dulce de leche cremoso, el alcohol cuando fumo; cuando bebía. Y bueno, ahí está, son las decisiones, lo que uno hace con su vida, lo que yo hice, lo que el mundo hizo de mí. Mírame, toda llena de tubos, muriéndome de cáncer, charlando con mi nieto querido, diseñador gráfico instalado en Río, probablemente creador de logotipos y eslóganes geniales que sintetizan las ambiciones humanas más profundas: victoria, acción, haga, compre, ahora, siempre, el vacío colorido, la boca del infierno inundada de ruido ambiente y olores dulzones. Benjamim, ten un poco de piedad o al menos de curiosidad por tu vieja abuela. ¿Qué es lo que andas buscando? ¿Qué me queda a mí para darte? Tú tienes cuerpo, color, voz, una historia por delante. De mí no queda mucho. Pero lo que queda es mío, lo hice yo.

Perdona mi histriónico mal humor. Logro estar orgullosa hasta de mi cáncer; es patético, ya sé. No me he despertado muy bien; estos tubos me incomodan, me duele todo. No quiero morfina porque sé que si la acepto ya no podré vivir más sin ella. La *vecchiaia è bruta*. Así es, la vejez es una mierda. No me arrepiento de nada, pero es una mierda, así es, o, como decía mi padre, *le mot de Cambronne*.[2] También decía que cuando una jovencita silba los ángeles lloran. Eran otros tiempos. Hacían lo mismo que hicimos nosotros, pero usaban otras palabras y esa diferencia importa. No quiero ser hostil, menos aún contigo, querido mío. Tienes razón, hablemos, no me gusta esa distancia que se ha creado entre nosotros. Sé que en parte soy responsable; eras un niño y no fui justa, pero lo hice lo mejor que pude. Ya no tenemos tiempo de hacernos amigos, pero al menos podemos distraernos un poco antes de que llegue el final. Tus visitas me hacen bien, aunque a

[2] Eufemismo de la lengua francesa para no decir la palabra *mierda*.

veces me ponga un poco rarita. Son los tubos, no eres tú. «Hijo de buen augurio.» Te confieso que no me gustaba esa manera que tenía Xavier de saludarte. Siempre me pareció evidente que se refería también a su hijo muerto, el que tuvo con Elenir. Tu abuelo te vio y supo quién eras; yo percibí a quién estaba reconociendo Xavier en ti. Benjamim, como el hijo de Raquel, la preferida de Jacob: «Siete años de pastor, Jacob servía a Labán, padre de Raquel, serrana bella; pero no servía al padre, servía a la hija y sólo a ella como prenda pretendía». ¿Te acuerdas? Camões. ¿Todavía enseñaban eso en la escuela cuando eras niño? En casa todos se lo sabían de memoria; a Xavier le encantaba recitar a Camões en cualquier ocasión, duchándose o conduciendo el coche durante los viajes. «Hijo de buen augurio», todos han muerto y quedamos sólo nosotros; ahora puedo estar de acuerdo con tu epíteto, casa bien contigo, con la luz de tu rostro, con tu buen querer.

Nadie más tiene paciencia para venir a visitarme. Aun así, no me quejo, cada uno debe hacer su vida y la muerte es un bicho muy feo. El hospital queda lejos, hay mucho tráfico, pero el seguro no cubre una enfermera a domicilio y no quiero darle la lata a nadie. Prefiero este espacio anodino, impersonal, soportar la incompetencia de personas a las que puedo detestar y con las que puedo desquitarme sin deberle favores a nadie. Cuidé de Xavier hasta el final. Teodoro te trajo y volvió a alejarte de nosotros en la víspera de la muerte de Xavier. Ahora, en esta nueva víspera, has venido para quedarte, lo sé, y así podrás despedirte.

Conversar contigo en esta habitación pintada de verde me ha hecho recordar muchas cosas. Ahora echo de menos a Teodoro sin sentir tanta tristeza, sin sentimientos ambiguos. Sobre todo, extraño a Xavier, su presencia de ánimo. Cuando murió me sentí aliviada. Fue una enfermedad muy larga; nunca tuve paciencia para cuidar de los demás, y un hombre enfermo puede llegar a ser tan dependiente que es un infierno, de verdad. Además de la eterna división, trabajo, hijos, marido, no fue una despedida tranquila. Sólo un tiempo después me vino la nostalgia, que cada día es más grande. Xavier borracho, montando un alboroto, la casa toda llena de niños. No, no me arrepiento de no haber aprovechado, ese cuento de «tendría que haber pasado más tiempo con la familia, con los niños, cuando eran pequeños». Lo que siento es pura nostalgia, nada más. La vida es como es; soy consciente de que siempre transmití a los cuatro el amor por el trabajo, la dedicación al conocimiento, a los libros. Crecimos juntos y eso también fue bonito, de algún modo. En fin, mi mineiro, vámonos a Minas, entonces, que es de lo que quieres hablar, ¿no es así?

Mi primer viaje a Cipó fue en julio del 85, un año después de la muerte de Xavier. Teodoro ya llevaba unos cuántos años viviendo allí, desde tu nacimiento. Me quedé perpleja, absolutamente escandalizada al ver las condiciones en que vivíais. Estaba decidida a cogeros a los dos bajo el brazo y llevaros a São Paulo en aquel mismo instante. Aquella antigua casa de peones de hacienda, el estrecho cuartucho donde vivíais era un auténtico horror, lo más bajo de lo más bajo. No te puedes ni imaginar mi espanto, porque tú naciste allí, claro. Y lo que conociste aquí ya fue el apartamento, una vida más modesta que la de antes. Pero te puedes hacer una idea del contraste, un contraste físico, para comenzar, entre las dos maneras de vivir de tu padre. Ahora imagínate el espanto que, para mí, hija del doctor Belmiro y doña Lurdes, fue llegar allí. Aun habiendo acompañado a mis otros tres hijos en su adolescencia, no estaba preparada para lo que vi. Aquello era una forma de escarnio, una agresión de Teodoro. Y sin una sola gota de ironía. Hoy hasta me puedo reír un poco y, aunque sigue sin hacerme la menor gracia, consigo ordenar en mi cabeza todo este enredo de un modo algo más tranquilizador y al menos me burlo de mi asombro burgués. En su momento no fue nada fácil, te lo puedo asegurar.

Había hecho una reserva en el famoso Hotel da Serra, el único que había en los alrededores, y llegué sin avisar. Le pedí a tu tío Henrique que me acompañara, pero él no quiso. No invité a Flora, pues me imaginé que aquel ambiente campesino sería conservador y temí que montara algún desaguisado. Lenoca, la única que tenía correspondencia con tu padre, que ya había estado por allí y conocía la zona, la gente, se opuso a que yo viajara. Así pues, acabé yendo sola porque me parecía que algo no iba bien, que no estaba bien eso de separarme así de mi hijo y de mi nieto. Tenía miedo de la reacción de Teodoro, quien ni siquiera vino al entierro de su padre y, encima, nuestro último encuentro no había sido bueno.

Llegué y al principio todo bien; aquel lugar, tu querido Cipó, lo reconozco, es precioso y el hotel era confortable y muy decente. Me di un buen baño, me puse ropa cómoda, respiré hondo y me fui a la hacienda. Hacía una tarde fresca, el pueblo era simpático, pero sentía que el corazón me saltaba en el pecho. Cuando llegué a la hacienda, nadie sabía nada de Teodoro Kremz. Te vi a ti jugando con los chiquillos lugareños, en el terreno frente a la casa. Parecíais una manada de monitos trepando a los árboles y dando volteretas en el suelo. Te llamé y dejaste de jugar, me miraste con miedo. Entonces la señora que me había recibido adivinó que andaba buscando a Tito, el padre de Beibi.

Doña Zefa, que estaba en la veranda, se acercó a ver qué pasaba y me habló con gentileza. Me ofreció un refresco, me llevó a la veranda y mandó a una nenita para que llamara a Teodoro, que andaba en el pastizal. Sin saber con qué me encontraría, previendo la mala reacción de Teo por estar invadiendo su espacio, yo apenas había llevado un juguetito para ti y un regalo para la dueña de la hacienda, ya no recuerdo qué era, quizá una toallita de manos bordada. Como Teo tardó más de una hora en llegar, tuve tiempo para conversar con doña Zefa y hasta encontramos algunos lazos lejanos entre nuestras familias. Ella se quedó muy sorprendida de que Teodoro nunca le hubiera hablado de nosotros. En verdad lo que había no era un parentesco de sangre, sino por la vía de la familia política, un tío abuelo de ella, creo que de apellido Pimenta Toledo, se casó con la tía política de un primo segundo de mi abuela materna, de la línea de los Queirós. Antes de que Teodoro llegara, yo ya conocía toda la casa y me habían presentado a las hijas, los hijos, los nietos, el tío abuelo, la tía, la prima, la madre, la abuelita, casi ciega, con el blanco de los ojos azulado por las cataratas, pequeñita, curvada y negra como el carbón, y a no sé cuántos sirvientes que había por allí. Me pareció una familia simpática, todos agradables; la casa, un poco caótica, ya bastante reformada, con muchísimas subdivisiones y pasillos y habitaciones y cuartitos que tú conoces tan bien. Admiré la solidez de la arquitectura, el suelo, de tablas anchas y bonitas, un suelo que ya no se ve por aquí, en São Paulo. Aquel cielo raso de paja trenzada fue una novedad para mí. Aquí en las haciendas paulistas no se usaba eso. Me encantó la capillita, con sus santos barrocos, sus velas altas y sus manteles de encaje, sus paredes pintadas de azul y rosa. Me pareció raro que la cocina funcionara bajo un techo improvisado junto a la tapia del fondo, como un apéndice de la casa. ¿Todavía es así? Recuerdo también un enorme fogón de leña, aquellos bancos tan bonitos, del mismo color rojo del fogón, y de toda aquella gente y todos aquellos niños que holgazaneaban por todas partes. Era imposible saber quién era empleado y quién de la familia. No se parecía en nada a las haciendas cafeteras de mi infancia, aquélla era mucho más antigua y de sus paredes emanaban los restos de otro tipo de poder, menos ostentoso, quizá, más pesado y natural.

La generosa y tranquila bienvenida, la demora de Teodoro, el hecho de que doña Zefa hubiera reconocido en mí a la señora que era y sigo siendo, no la madre del vaquero Tito, y dado que yo, por mi lado, había observado que aquéllas eran personas con cierto linaje, toda esa primera buena impresión me hizo sentir reconfortada pero igualmente afligida. En el viaje de ida a Cipó me habían perseguido dos fantasías. La primera era la posibilidad de que Teodoro no me acogiera bien; temía que montara una escena. El segundo fantasma era que los dueños de la hacienda, los patrones de Teodoro, no me recibieran bien. Patrones entre comillas, era mi pensamiento más fuerte, siempre entre comillas. ¿Qué clase de personas ruines no serían para creer que podían ser los patrones de mi hijo? Me costaba digerir eso.

Es extraño, ¿no te parece? ¿Estúpido? ¿Elitista? No te falta razón, es cierto. Hoy por hoy me parece raro que Fábio, el hijo de Henrique, trabaje en una multinacional de medicamentos, que sea un gerente, un empleado. Laura, la hija de Flora, también: abogada de un banco. Rodrigo, el hijo de Leonor, hace prácticas en la oficina de relaciones públicas de una marca de cosméticos y hasta Renata, la pobre, trabaja llevando la prensa en una editorial. Es tontería mía, ya lo sé, pero no me resigno a pensar así. Quiero decir, me parece muy bien que tengan sus empleos, que ganen su dinerillo, no cabe duda de que cada cual tiene su mérito. Cuánta gente hay por ahí, hoy en día, que con la edad de ellos sigue viviendo con ayuda de los padres y los padres viven con estrecheces. Basta con mirar al primo Guilherme, el hijo de Flora, un muchacho de veintitantos años que parece un niño retardado, se pasa todo el santo día en los bares gastándose el dinero que la pobre Flora no tiene. Estoy de acuerdo en que trabajar es bueno, es importante trabajar donde sea, ganarse la vida honestamente, no atormentar a los padres, tener responsabilidades, todo eso demuestra persistencia, capacidad, disposición, pero me parece raro. Es un error aceptar que uno es sólo una pieza de la máquina, someterse a los proyectos de otros, no desarrollar nada propio, creerse con el derecho de no tener ambiciones o de no cultivar la grandeza de espíritu. Sí, porque negociar, batallar, resistir, ceder, todo eso nos hace crecer. El problema no es ser un empleado, no estoy diciendo eso, el problema es dejar de ser uno mismo, dejar de construir un yo que sea útil de verdad a este mundo. Crecer por crecer no significa nada, uno no está obligado a ser el más guapo, a tener la mejor calidad de vida y todas esas pamplinas: uno tiene que crecer para realizar trabajos únicos y útiles. Hay que crecer y no resignarse a vivir en paz, porque el trabajo solamente libera a los padres de sus hijos, alivia el bolsillo de los padres, cosa que no es menor, lo reconozco, pero el trabajo en sí mismo no libera a nadie, más bien lo aprisiona. Tanto en el colegio como en la facultad, desarrollé un trabajo propio, mío, lo que me guio en todo momento fueron mis ideas. Sí, claro, puede haber un proyecto colectivo, pero qué proyecto hay en un banco, en una empresa de cosméticos, ¿eh?, dime. Está bien, ser editor es algo que hasta puede ser noble. ¿Pero cuál es el papel de Renata en el proceso? ¿Qué hace Renata en la editorial exactamente? ¿Tú lo sabes? Destroza los libros, succiona cualquier cosa diferente que haya en ellos con la intención de agradar el paladar de quienes sólo pueden fijarse en lo que les dan mascado y babeado directamente en la boca. ¿Te parece que es motivo de orgullo semejante asesinato periodístico, hebdomadario? ¿Te sentirás orgulloso de ganar más dinero a final de mes por haber vendido más cremas antiarrugas? ¿Qué provecho sacará el mundo de eso? ¿En qué sentido te habrá hecho a ti una persona mejor? No entiendo. O sea, lo entiendo, pero no estoy de acuerdo.

Nosotros, que tuvimos el privilegio de recibir una educación, tenemos otras obligaciones, nuestra responsabilidad es otra. Me parece magnífico que haya bancos, industrias, servicios. Hacen que el mundo funcione, dan empleo, generan productos y riquezas: no tengo nada en contra de eso. No es una cuestión política, sino moral. No basta con ser un mero engranaje de la máquina, hay que tener un puesto de mando. Ésa es nuestra responsabilidad. No por el poder o el dinero, sino porque uno tiene el deber de aportarle algo a su país. No tenemos derecho a participar en esto como simple ganado. Si Teodoro viviera en la aldea más miserable de Brasil dando clases en una escuela primaria con el tejado roto y sin pupitres para los niños descalzos, hambrientos y legañosos, y, si para hacer eso viviera de prestado en un cuartito en la casa del cacique de turno, me enorgullecería de él. Pero el trabajo de tu padre no era ése.

Tengo náuseas y la boca seca. Lo que más me fastidia es no poder fumar. La vejez nos transforma, y no creo que sea por la senilidad ni por cualquier problema neuronal: debe de ser que uno sencillamente pierde la paciencia; cansa mucho eso de pasarse la vida entera haciendo de policía de uno mismo, y al final ya no nos queda nada que demostrarles a los demás y perdemos la vergüenza. Un mundo así sería insoportable, cada cual diciendo lo que le viniera en gana. Pero la naturaleza es sabia y reserva estos placeres sólo para los viejos. Tal vez sea un mecanismo de la especie para que los viejos duren menos, porque al final es medio suicida dejar de ser socialmente aceptable.

Benjamim, quiero lo mejor para ti; eso me ayuda a ser un poco más cautelosa con las cosas que te digo. No es que tenga nada malo que decir de la familia que te crio; mi problema no era con ellos, como te he dicho, gente agradable y afectuosa. El problema fue la relación que tu padre estableció con ellos: eso es lo que no podía soportar. Y te confieso que aquella cultura, en la que nada es claro y todo queda insinuado, con tantos silencios y disimulos, me puso los nervios de punta. Tal vez si mi hijo y mi nieto no estuvieran flotando en ese caldo, yo tendría mejor capacidad de discernimiento académico y curiosidad para analizar la riqueza lingüística de esa manera de no hablar. No tuve tanta paciencia y, en todo caso, nunca la tuve para la investigación científica, prefiero las novelas. Mi cruz son mis gafas de lectura. Mañana, antes de venir, hazme el favor de pasar por una farmacia y me compras unas de grado tres y medio; me quedo exhausta cada dos páginas y con dolor de cabeza, no consigo concentrarme.

Me voy por las ramas, me doy cuenta. Cuando empiezas a mecerte así en la silla sé que estoy empezando a desvariar. Contigo aquí delante me cuesta más que cuando estoy sola. Tengo que centrarme en Teo, y no en mí, ya lo sé. Es más, centrarme en lo que Teodoro era para ti, en tu padre en vez de en mi hijo. El abuelo de tu hijo, del pequeñito Antonio. Sí, eso es. Qué historias le vas a contar a él sobre su abuelo. ¿Será el abuelo Tito, el abuelo Teo o el abuelo Teodoro? Debe de haber muchos cuentos sobre él allí, en Cipó, en la hacienda donde naciste y te criaste, historias contadas y vueltas a contar por tu querida doña Zefa, guardadas y catalogadas por tu tía adoptiva, Maristela, la hija de doña Zefa, en aquel conmovedor museo que tanto se esmeró en crear y que enseña con tanto y merecido orgullo. Basta con ir allí y escuchar las hazañas y las andanzas del vaquero Tito, el guitarrista Tito. Pero tú sabes bien que Teodoro no es un personaje novelesco, es mi hijo, el nieto de mi padre, bisnieto de mi abuelo, padre de mi nieto, abuelo de mi futuro bisnieto, y sigo sin entender por qué él se arrogó ese derecho.

Me acuerdo de mis clases de literatura en el colegio y me imagino que no quieres una anécdota, un cuento popular, sino un relato de autor. En el cuento popular no importa el nombre, ni el lugar, ni el tiempo; cada personaje es una pieza para que la historia funcione. Por eso el cuento popular se puede contar y contar eternamente: la historia permanecerá siempre inmutable. *La mora tuerta, Caperucita Roja*, cultura popular. En un relato de autor o en una novela es distinto, son las palabras, las palabras exactas, las que construyen una historia única; los personajes crecen, tienen nombres propios; la acción está ubicada en un tiempo, se establece en una época. Es obra de una persona y no de un pueblo. Has venido a verme porque quieres algo más que un padre vaquero, guitarrista y loco. Pero me voy por las ramas, está bien, ésa no es la cuestión, quizá, o no la única al menos, tal vez soy yo la que convierte todo en literatura. Voy a tratar de secar todos esos riachuelos que vienen a dar aquí a mi cama. Lo mismo hasta estoy empezando a estar gagá. Vale que no todo es genética y neuronas, pero al final la ama y señora de todo es la biología, y ya estoy vieja.

Vamos a los hechos: Teodoro llegó todo sudado y saludó a todo el mundo. A mí me habló con educada parsimonia y sencillez. Te llamó y te dijo que me pidieras mi bendición, cosa que hiciste con una naturalidad exasperante. Nunca tuvimos esas costumbres en la familia. Teo no se sentó, sujetaba el sombrero con ambas manos por delante del cuerpo, un campesino perfecto de los que recuerdo de mi infancia, afable y humilde.

Pidió permiso y me mostró su cuarto y los alrededores de la hacienda. Dentro de aquella habitación oscura y mínima, libres del séquito de niños curiosos, pudimos tener un rato a solas, y no supe qué decir, la única frase que se me venía a la cabeza era: «¡Compórtate bien, jovencito!». Pero yo nunca había empleado esa clase de lenguaje entre nosotros. Había dejado aquella expresión, tan repetida en mi casa tiempo atrás, en algún lugar de mi adolescencia y ya no había manera de recuperarla con mi hijo. Él estaba muy metido en su papel de quien recibe civilizadamente a su madre, quería guardar las distancias conmigo, como si ni siquiera hubiera un conflicto. Eso me desanimó. No encontraba ni la ocasión para argumentar, para discutir, para intentar comprender, ni siquiera para el simple afecto, una caricia en la cabeza, un chistecito sobre la austeridad de su claustro, en fin. Delante de mí había un hombre hecho y derecho; no quedaba nada del niño que alguna vez fuera. Henrique también se había convertido en un hombre, pero seguía siendo mi hijo y, por lo tanto, en algún lugar, era mi niño. En Henrique había ese espacio infantil y su reverso, el de actuar un poco como el hombre que pasa a cuidar de su madre viuda. Eso en cuanto a Henrique. En Teodoro no había nada, un vacío, era casi un desconocido. O peor, un conocido.

Le pregunté si seguía componiendo canciones y me dijo que no, que se aprendía las canciones de Cipó y de los cantantes que pasaban por ahí, que sólo tocaba, repetía, medio olvidaba, animaba las fiestas de sus amigos. ¿Todavía escribes? Poco, casi nada, dijo. ¿Y los dibujos? Me gusta dibujar con Benjamim, con los niños; a veces jugamos a hacer dibujos, ellos dibujan cosas muy lindas, ¿quieres verlas? No, ahora no, después. ¿Y pensar? ¿Todavía piensas? En el ganado, en los caballos, en el estado de las cercas, en las vacunas, en separar las vacas preñadas de las novillas, en la maleza, el pasto, la lluvia y la calor. Pienso en Benjamim, en las gallinas y en los cerdos. Pienso en la vida, señora madre.

Señora madre será la puta que te parió, imbécil.

Agradecí la hospitalidad y me fui de allí aquel mismo día.

Tu parecido con Teo, no en el color de la piel ni en el pelo, Teo tenía bucles, sino en tu modo de mirar, de inclinar el rostro cuando estás escuchando, tu manera de sonreír torciendo un poquito la boca, me hace pensar en cosas que no sé si decir, una temperatura específica; cuando te veo, lo recuerdo todo de un modo distinto. Después de lo que pasó en la travesía por el São Francisco ya no supe más de él. Teo dejó de escribirme y yo a él. Me interesé por otras personas. Nuestro grupo de amigos se dispersó, pero eso no me afectó lo más mínimo. Cada vez que nos reencontrábamos volvían a surgir disputas y chistes que ya no tenían nada que ver conmigo. También la inseguridad que sentía con ellos y que ya no tenía por qué sentir más.

En unas vacaciones viajé con Carmem a Europa, un viaje de mochileros. Nunca había salido de Brasil y todo me producía euforia: el aire, el sol de Ámsterdam, que parecía venir de arriba y de abajo a la vez, los canales, la luz acuática reflejada en las casas torcidas. Alquilamos unas bicicletas y pedaleábamos todo el día. Estaba feliz con aquella mezcla de aire puro, civilización, arte; estaba enamorado de Carmem. Me entraron ganas de compartir ese estado con Teo. Compré un montón de tarjetas postales de Van Gogh, Rembrandt, Vermeer y escribí en ellas un diario contando mis sensaciones. Recuerdo que terminaba de rellenar una postal en medio de una palabra, ponía un guion y continuaba en la siguiente. Las envié a la dirección de Leonor porque no tenía la de Teo. Lo hice con la intención de que su hermana se las hiciera llegar así, de la misma manera, en desorden. Me pareció gracioso que Teo recibiera las postales sin ninguna secuencia; en aquel momento pensé que era una idea brillante. Luego me olvidé del asunto, me olvidé de Teo, ni siquiera le pregunté a Leonor por las postales. Había sido apenas una pequeña cápsula de nostalgia por Teo, poco más.

Un día recibí una postal suya con la foto de un hotel. Espera, déjame que te la enseñe: «Hotel da Serra-Cipó-Minas Gerais». ¿Entiendes la letra? «Ha nacido Benjamim. Es un niño fuerte y lindo.» Mira el dibujo: debes de ser tú, un bebé gordito. Es de febrero de 1980, ya tenías unos meses. Tardé en comprender que Teo había sido padre. En aquella época que un amigo tuviera un hijo me parecía una cosa tan fuera de la realidad que tomé la frase por una metáfora, sólo para decirme que estaba bien otra vez, que había encontrado lo que andaba buscando. Me acordé de la conversación que Teo tuvo con Xavier sobre su hermano muerto; el nombre Benjamim se me había quedado grabado. Pensé entonces que me había escrito para contarme que estaba en paz con su padre y que quizá estaba listo para regresar. No le contesté. Puse la postal encima de mi escritorio para no olvidarme de responder, un día, dos días, tres meses y aquello empezó a hacerme mal. No tenía nada que decirle. No conocía a ese Teodoro nuevo ni tampoco quería conocerlo. Metí la postal en la caja de los asuntos aplazados para la eternidad.

Ahí fue cuando Teo apareció por São Paulo contigo, que ya caminabas; había venido a visitar a su padre, enfermo. Fui a casa de tus abuelos para verlo. Llevaba años sin pasarme por allí, o bueno, no tantos. Teo se había marchado a finales del 77 y regresó contigo en el 81 o el 82, a lo sumo cinco años. Pero en aquella casa ya no había vida, sólo abandono. Tu abuelo, echado en el sofá, muy pálido y demacrado. Los muebles, muy viejos, manchados, con agujeros; las ventanas no cerraban bien. No sé cómo explicarlo. Aquella casa siempre había sido una zona de guerra, pero alegre, agitada; aun con los muebles medio descuajeringados y para tirar a la basura, mi recuerdo fue siempre el de una casa limpia y agradable. Quién sabe si Graça, la empleada de siempre, ya se había jubilado. Lo cierto es que la enfermedad de Xavier había afectado la economía del hogar; las herencias finalmente se les habían acabado. No sé cómo explicártelo. Quizá alguien que nunca hubiera estado allí apenas vería la casa un poco destartalada y vieja, nada catastrófico.

No era sólo el paso del tiempo, tal vez no fuera eso para nada. Pensándolo bien, era el paso del tiempo en mis ojos, no en la casa. Aquel día fui consciente de los mecanismos que habían sustentado a aquella familia y que, por dejar de funcionar bien, se me habían revelado. Los tornillos estaban flojos, el motor no arrancaba. Darme cuenta de su existencia hacía que aquella maquinaria me pareciera obsoleta.

Helinho, Rafa, Leonor y el piano, tu abuela, tu abuelo, Teo, el aguacate del jardín, la gran mesa del comedor, todo estaba allí, sólo habían pasado cinco años. Tu abuelo debía de tener unos cincuenta; ella es contemporánea de mi madre, algo mayor que yo ahora, pero lo que tenía delante era casi una anciana. En mis recuerdos de juventud ella es una mujer muy hermosa, elegante, de piernas largas. Aquel día me encontré con una persona ajada, exhausta. Xavier, que era corpulento, ruidoso, de pasos largos y abrazo fuerte, seguía siendo efusivo, pero estaba muy delgado. Tu abuelo estaba feliz con vuestra llegada, alegre con nuestra visita. Xavier sabía cómo hacer que nos sintiéramos queridos. Me saludó con una sonrisa tan sincera que me emocionó. Tenía no sé qué problema en la garganta y los pulmones, apenas podía susurrar y la voz le salía entrecortada. Estaba amarillento, no sé si al final tuvo también una cirrosis, algo relacionado con el hígado. Era un hombre enfermo. Quería caminar, hablar con todo el mundo, jugar contigo y se irritaba por no poder hacerlo. Le pedía a tu abuela que hiciera esto y aquello, que le alcanzara algo, que preparara la merienda y fuera a buscar la cerveza. Él quería a su alrededor todo el movimiento que él mismo ya no podía hacer, por eso ponía en marcha a quienes estaban a su lado. Fui a ayudar a Isabel a preparar los sándwiches.

Teo había llegado dos días antes y ella andaba muy desazonada; nunca la había visto demostrar tanto miedo. Mientras preparábamos los sándwiches me contó que había hecho limpieza general en el cuarto de Teo, había mandado arreglar la lamparita de lectura, había lavado la colcha y puesto orden en armarios y estanterías, cosas normales, pero para ella ocuparse de la casa no era algo normal. Me habló de la expectativa por el regreso de Teo. Dijo que había acomodado el cuarto de Henrique para ti, le puso unos barrotes a la cama; por insistencia de Xavier había comprado unos juguetes y mandado lavar los peluches viejos de sus hijos. Encontró los bloques y los cochecitos de nuestras ciudades de juguete, limpió los que se habían salvado y los colocó en una caja en un rincón del cuarto.

Teodoro había venido en autobús; llegó muy cansado y me imagino que debió de llevarse el mismo susto que yo al ver el estado de la casa y los padres. Para Isabel el espanto fue recíproco. Dijo que Teo parecía un refugiado. Mucho más fuerte y moreno que antes, cubierto de polvo, con botines y sin calcetines, cargando unas bolsas, y tú, Benjamim, vestido con ropa mal remendada, según tu abuela, con la barriguita asomando por debajo de una camiseta que te quedaba pequeña. Isabel lo describió con una sonrisa triste y los ojos húmedos. Teodoro se puso feliz de llegar a casa, de encontrarse a los padres, de soltar los bártulos.

«Hubo muchos besos, abrazos; yo me moría de nostalgia. Benjamim es un niño encantador, avispado, muy vivo y lindo y locuaz. Tomamos el desayuno, ambos estaban hambrientos, todo iba bien.» Isabel se inclinó sobre el fregadero y, cerrando el puño, se puso a golpear el mármol con el mango del cuchillo del pan, hablando consigo misma. «¿Por qué tiene que ser tan duro conmigo? ¿Por qué?» Yo no sabía qué hacer. ¿Cómo podría consolar a la gran Isabel? Compungido, bajé la cabeza y el silencio llenó toda la despensa. Fui a buscar el queso y el jamón y vi que no había nada encima de la nevera. El eterno pastel blanco de Graça ya no existía. Aquel vacío sobre la nevera y los ojos rojos de Isabel, ahí está lo fundamental, marcaron el fin de mi juventud en la casa de Teodoro.

Teodoro y su madre se volvieron dos extraños. Él arrastró una colchoneta a su dormitorio para que tú durmieras junto a él, amontonó la ropa en los armarios y por los rincones de la habitación. Se levantaba muy temprano y armaba mucho alboroto; comía con los codos sobre la mesa, encorvado hacia el plato, y masticaba con la boca abierta; quería el café colado con un colador de tela y endulzado en la cacerola, y jabón de coco para lavar tu ropa en una palangana; se quejaba del olor a gasolina en la ciudad, no le gustaban los cuidados de tu abuela ni la comida que te preparaba, tonterías para marcar las distancias con su madre. Isabel nunca había sido una mujer de su casa; la enfermedad de su marido la obligó a ocuparse de cosas que no sabía hacer y que no le gustaban; la falta de dinero le impidió tener una empleada fija y ahora encima le había caído el hijo salvaje con un niño pequeño. Fuera de casa, Teodoro era un hombre tranquilo, muy diferente del que habíamos visto en Petrolina.

Nuestro último encuentro había sido al final de la travesía por el São Francisco. Dos días después de la pelea en Bom Jesus el barco llegó a Petrolina y tu padre estaba con fiebre. El médico dijo que era normal; le dio unos remedios y unas indicaciones para tratarse la herida. Nos quedamos en una pensión que era más bien una casa familiar, con un desayuno estupendo, plátano asado a la brasa, yuca con mantequilla y casabe. La dueña cubrió a Teo de todas las atenciones y cuidaba de él mientras nosotros paseábamos por la ciudad. El plan era quedarnos dos días en Petrolina y luego continuar el viaje en autobús hasta Alagoas, en Marechal Deodoro, para acabar las vacaciones en la casa que unos amigos habían alquilado allí. Como tu padre estaba tan mal, decidimos esperar a que mejorara. Teresa ya se había marchado. En cuanto nos bajamos del barco, tomó el primer autobús a Recife, y de ahí, un avión a São Paulo. Quería regresar pronto a su casa y estar cerca de su madre. Nunca volvimos a hablar de lo que había sucedido. Teo estaba silencioso y Filó se alejó de él. Al tercer día en Petrolina, cuando regresamos a la pensión, doña Lisete nos contó entre lágrimas que el enfermo se había largado sin dejar más que una nota.

«Raul, se acabó lo que se daba. Disfruté en la matanza del cerdo. Podría convertirme en justiciero. Billy the Kid, ¿te acuerdas? Lo malo es que todavía no he cultivado mi faceta de Patt Garrett y casi prefiero ser un viejo calvo y gordo, como Hoss, el de *Bonanza*. Los viajes turísticos son un rollo. Maté a aquel hombre, y la cagué, amigo. Ya no puedo andar más en pandilla, ya no tiene gracia. Nadie lo echará de menos ni yo tampoco. Cada uno elige su camino. Recuerdos a la familia. Teodoro, *the old*.»

Y desde entonces ya no supe más de él, seguí con mi vida.

Teo había sido mi mejor amigo, durante algunos años debí de pasar más tiempo en su casa que en la mía, pero, de la noche a la mañana, dejó de importarme. Se acabó. Cuando me acordaba de él, como en Ámsterdam, era más bien en un estado de excitación juvenil, algo alegre, lejos del pensamiento y hasta de la memoria. Era más una sensación que me colmaba, antes que una añoranza. Si me detenía a pensar en él, no sentía nada.

En su primer viaje a São Paulo, contigo pequeñito colgado del cuello, Teo me habló un poco de tu madre. Salimos algunas veces para charlar, por la mañana o por la tarde, pero nunca de noche porque él no quería dejarte solo. Era un padre lleno de reglas: horarios para comer y dormir, nada de televisión ni de chucherías. Tú parecías aceptar aquel amor con alegría. Íbamos al zoológico, a Ibirapuera, Butantã. Teo me contó que se había casado. Que tu madre era muy linda, una médica competente y jovial, recién llegada a la ciudad donde lo habían internado. Tu padre siempre tuvo cierta debilidad por las mujeres mayores. Ya le había ocurrido con una profesora de la escuela y el desconsuelo de doña Lisete, la de la pensión de Petrolina, bastaba para encender alguna alarma. Quiero decir, más allá de eso, tu madre debía de ser alguien especial, porque Teo nunca se había atado a ninguna mujer. Yo era testigo de aquellos romances con mujeres mayores, por lo general casadas, y los consideraba su manera de zafarse de las expectativas del compromiso. Con tu madre fue diferente. Me dijo que quería «construir una familia», echar raíces no sólo en un lugar, sino en el mundo, dentro de una mujer. Me contó que se vio arrastrado por una urgencia de sosiego. Ese era el tipo de frases de tu padre: «urgencia de sosiego».

Nunca tuve esa capacidad; soy un escritor de prestado, de ideas y vidas ajenas. Mi memoria suple mi falta de imaginación; soy de esos que andan con cuadernitos robando frases en las colas, los palcos y las fiestas. El otro día un amigo compuso una canción y me pidió que le escribiera la letra; él había pensado en algo relacionado con la locura y los remedios. Conversamos mucho y a los pocos días se la mandé. Me dijo que le gustaba, pero vi que no era cierto, así que insistí y al final me dijo que el problema era que había escrito exactamente lo que él me había pedido. ¿Me entiendes? Escribo exactamente lo que me piden. ¿Y qué me estás pidiendo tú? Hablar de Teo, y hacerlo es hablar de alguien mejor que yo, alguien que se quedó rezagado mientras yo seguía adelante.

De tu madre sólo te puedo contar lo que Teo me dijo, la Leninha de Teo. Cuando me la describía se quedaba pensativo, hacía pausas, se olvidaba de mí y luego continuaba proseguía con la casa donde vivían juntos y con su uniforme de médico. Por primera vez en la vida hablamos de amor.

Esto fue hace más de veinte años. Recordaba lo que me había dicho, pero no que tuviéramos esa relación. Me conmovió, me dejó tocado. Aquel Teo abierto, romántico, tan expuesto, no sólo era diferente, sino que estaba un poco ido. Teo siempre había sido un tipo muy atento a las palabras y al estilo; era un tipo que siempre te hacía un guiño, ¿me entiendes? Tenía una onda pop, una onda alternativa, una onda guay, una onda machote. Era una mezcla de muchas cosas, nunca una sola, como si fuera demasiado inteligente para dejar de guardar la distancia necesaria con todo. Al hablar de tu madre, nunca encontraba las palabras precisas; cuanto más romántico y lírico, cuanto más lejos de las palabras habituales se encontraba, más sincero era. No tenía las palabras justas para describir a tu madre, no las había aprendido, al contrario: eran palabras prohibidas entre nosotros y creo que en su interior también; por eso se veía obligado a tomarlas prestadas. Era sincero y, al mismo tiempo, se volvía un hombre cualquiera, una vez más se transformaba en una historia. Sólo que aquella vez, de nuevo en su rol de padre, me contó la historia de tu nacimiento, y así el pasado quedó, una vez más, negado, apagado. Estaba enfermo cuando conoció a tu madre. Quizá tenía alucinaciones.

«Cuando abrí los ojos estaba en la enfermería de un hospital; un tipo tosía muy fuerte, otro gemía; los pasos hacían temblar la cama y reverberaban en la sala; había cuchicheos y la luz de la puesta de sol se tornaba rosa. Intenté levantarme y no pude, me faltaban las fuerzas y tenía una vía de suero en el brazo. Sudaba; la sábana, empapada, se me pegaba a la piel y tenía los labios secos. Vi las caderas, el vientre y los pechos bajo el vestido blanco de una mujer que se acercaba con un vaso de agua. Me atusó el pelo con delicadeza y vi su rostro. Raul, aquellos ojos tranquilos, la sonrisa, el color de la piel; la he encontrado, eso fue lo que pensé, acabo de encontrar a mi vida. "Mis ojos vieron y mi corazón comprendió", un verso antiguo que vi hacerse realidad en aquel instante. Me sentí todavía más débil, un guiñapo, una pluma de pajarito flotando en medio de la polvareda de mis andanzas pasadas.»

Durante el mes que estuvo allí internado, Leninha fue a verlo a diario y él no se recuperó del todo hasta el día en que ella aceptó su petición de matrimonio.

«Yo era un indigente, sin padre ni madre y sin rumbo; ella se compadeció de mi orfandad. Andando el tiempo y gracias a sus cuidados, fui volviendo a ser un hombre; nunca se separó de mi lado y mirábamos juntos la puesta de sol.

Llegó el momento en que reconocía sus pasos al otro lado de la sala y sólo con eso ya se me ponía dura; el corazón empezaba a palpitarme con fuerza. Una vez terminadas sus visitas a los otros pacientes, venía a mi desvencijada cama, me tomaba el pulso y le extrañaba el ritmo acelerado de mi corazón; no entendía por qué los números eran diferentes a los que tomaba la enfermera de la mañana. Ponía sus tibios dedos en mi muñeca, helada, y sonreía intrigada. Aquellos labios oscuros se entreabrían para dejar ver el rojo vivo de su lengua, y la sangre me bombeaba todavía más rápido en las arterias, casi me daba un síncope. A duras penas hablábamos.»

Teodoro hacía una pausa, tomaba aire. Te miraba jugar a la orilla del lago y decía que tenías el mismo color de piel que tu madre, la misma mirada serena.

«Tenía miedo de recuperarme y perder aquel rincón de su corazón que sentía haber conquistado. Por otro lado, empecé a tener afán por levantarme, andar, trabajar, ser el hombre de aquella mujer. A saber qué me pasaba, pero no era capaz de dirigirle la palabra. Era tan importante para mí que temía cometer un error. Leninha era una mujer independiente. ¿Para qué iba a necesitar a un mocoso como yo que no podía ofrecerle nada? No tenía trabajo, no era nadie, ya casi ni siquiera era un enfermo.

»Me ponía nervioso, cada conversación era un suplicio y, cuando ella se marchaba, me sentía como un estúpido. Pensaba en ella con rabia. Mejor olvídate, mejor olvídate, mejor olvídate, me repetía, pero no servía de nada. Sentía que me rozaba la cara y me tomaba el pulso de un modo diferente, pero no era cierto: era mi mera excitación, que lo transfiguraba todo; para ella no había nada de especial en hacer aquello. Empecé a observar su modo de tratar a la viejecita que estaba en la entrada, al feo que tosía en medio de la sala. Lo hacía siempre con la misma delicadeza y el mismo cuidado que conmigo. Se me hacía eterna la ronda y, cuando me tocaba el turno, lo único que hacía era decir bestialidades, mi conversación era cada día más la de un cascarrabias. Llegué a pensar que lo mejor que podría hacer era saltar de la cama y tirarme a una de las enfermeras de su querido hospital, ahí enfrente de todos los ancianitos y los moribundos, sólo para hacerle daño, para demostrarle que no la necesitaba ni la quería, que nunca la había querido. Con eso le demostraría de una vez por todas que era un bueno inútil y que, sin ninguna oportunidad ya de tenerla, quedaría libre nuevamente. Intenté ser irónico, pero ella me desarmaba; ya ni siquiera conseguía portarme mal.

»Un día tuve el coraje de mirarla, de mirarla y decirle todo, pero ella ya lo sabía. También me conocía desde antes de mi nacimiento; eso fue lo que dijo cuando me negué a salir del hospital. Comprendí que el miedo a perderla me había obligado a andar y andar, matar y casi morir. Ella aceptó.»

Se casaron delante del pequeño altar que Leninha tenía en su casa, sin cura ni juez, un asunto entre Teodoro, Leninha y el universo, según me contó él en voz baja. Teodoro se mudó a la casa de ella y empezó a trabajar. Leninha se quedó embarazada, cosa que a su edad era bastante arriesgada y, sobre todo, en las precarias condiciones de aquel hospital de provincia. Teodoro creía que aquella unión estaba bendecida por algún tipo de protección celestial que los libraría de todos los males. «Habrías podido venir a São Paulo –le dije–, pedirles ayuda a tus padres.» «No podía, Raul –me dijo Teo–... Ya no tenía ni padre, ni madre, ni pasado. Mi vida acababa de comenzar allí mismo, cualquier petición de ayuda a lo que ya no era yo, a lo que no había sido nunca, acabaría contaminando a mi hijo, ese hijo que era nuestro y de nadie más, el fruto de una fuerza superior y no teníamos derecho a perturbarla, una fuerza que sólo podíamos aceptar y bendecir.»

Este inverosímil Teo esotérico me contó que, mientras tú crecías en el vientre de tu madre, que se sentaba en un sillón a coser y bordar tu ropa, él tocaba la guitarra y «trataba de penetrar la alegría de Leninha al arrojarse así a un mundo desconocido para alumbrar a un hijo mío».

«Hablábamos sobre el nacimiento y la muerte como si habláramos de la misma cosa. Leninha creía que, si Dios la había elegido para ser la madre de mi hijo, ella estaría feliz, daría a luz a un niño bueno y fuerte, con toda seguridad, bueno para la tierra que lo acogería. Y en esa tierra él sabría cultivar cosas hermosas como solamente los hijos del amor son capaces de hacer.»

Era extraño charlar con aquel hombre: ya no era Teo. Parecía tener miedo de pensar con su propia cabeza y sufrir. Parecía un creyente que repite las palabras de un pastor mediocre. Durante aquella charla comprendí y hallé el sentido de su resolución de hacerse vaquero. No sé decirte si fue la muerte de tu madre o sólo ella, el mero encuentro con ella, la causa de ese cambio de mentalidad. Pero, pensando en las palabras de Teo, sabiendo todo lo que ahora sé, creo que ambos sabían quiénes eran y decidieron repetir la historia. Tengo la certeza de que para Teodoro aquella unión era incestuosa. Acostarse con la mujer de su padre, ¿quién aguanta algo así?, ¿cómo no acabar arrancándose los ojos y vagando sin rumbo? Ella tenía que morir, ambos lo sabían; uno de ellos debía morir y esta vez no sería el bebé. Esa es la violencia que hoy soy capaz de entender.

A tu madre, y no lo sé, no la conocí, Teo la convirtió casi en una santa, la madre que parió su verdadero destino. No sé explicarte por qué, Benjamim, tú eres hijo de ella, tienes mucha más determinación de la que tu padre tuvo en toda su vida, salta a la vista, y tal vez no esté bien que yo hable de una mujer a la que no conocí. Xavier y tu padre usaban palabras medio místicas para referirse a ella, a la vida que vivieron con ella. No puedo dejar de pensar que hubo algo de crueldad por parte de tu madre, no digo con Xavier, pero sí con Teodoro, eso de dejarse morir a propósito dando a luz a un nieto de Xavier.

Saber que Leninha era la misma persona que la madre del primer hijo de Xavier hace que me resulte comprensible la historia que Teo me contó aquel domingo en el parque y la manera en que lo hizo.

Me refirió que tu madre quería que te llamaras Ismael. Me mostró una bolsita de cuero remendada por todas partes con una cosa dura dentro. Parecía un objeto indio, un amuleto. En el cuero tu madre había bordado el nombre Ismael con lentejuelas de colores, dos pájaros y un pez. Teo dijo que Leninha estaba convencida de que su bebé sería varón y quería que se llamara Ismael. Los pájaros eran ellos y también el Espíritu Santo, el pez, símbolo de la vida siempre renovada, «porque ella era católica, pero no le gustaba la imagen del crucifijo. Creía que Dios nos protegía y nos indicaba el camino con la vida y las palabras de su hijo, y no con su muerte; que la resurrección éramos todos nosotros en nuestros momentos de amor». Teodoro hablaba de estas cosas entre risas, casi recitando, con un tono de música infantil. El tono de quien no cree, pero piensa que es hermoso.

«Ismael fue el hijo que Abraham tuvo con una esclava, aquel que sería su heredero, hasta que nació el hijo de su esposa legítima, Sara, e Ismael tuvo que huir con su madre por los celos de la mujer de Abraham. Dice la leyenda que Mahoma y los musulmanes son descendientes de Ismael. Leninha quería que nuestro hijo fuera Ismael. Quería que nuestro hijo fuera un comienzo, un hombre que inicia un nuevo rumbo.» Leninha murió y Teodoro dijo que tú serías un reinicio de lo que había muerto con ella, de un sueño incumplido de su padre, de una visión que contigo se hacía realidad.

Contó que una enfermera del hospital, amiga de Leninha, se ofreció a ayudarlo a cuidar al niño y él te dejó con ella unos días. Después del entierro de su mujer él se quedó solo en casa. Se levantaba, iba al baño, se duchaba, se secaba al sol, caminaba sobre el cemento caliente que había debajo del tendedero vacío, volvía a la cama y se dormía. Decía que no lloró, ni rezó, ni se puso triste. Comía bananas directamente del racimo que crecía en el plátano del patio. A veces se despertaba de madrugada, abría la ventana de su cuarto y rasgueaba la guitarra. Se preguntaba si a Leninha le gustaban los Beatles o los Rolling Stones, si habría escuchado a los Novos Baianos. Nunca habían sacado ese tema. Ninguno tenía pasado, quizá porque la sombra de Xavier aparecía como un espanto, como una cosa que atrae. O quizá por ninguna razón, sólo porque sí, decía Teodoro en el parque.

«Lo importante es tener este amor dentro de mí y tener a mi hijo, lo mismo da que ella esté viva o muerta. Después de su fallecimiento eché en falta el contorno de su rostro, la suavidad de su pecho, el gusto salado de su cuello. Me gustaba el olor de su sudor. No la añoré a ella, sino su voz y el movimiento de su cadera, que se balanceaba al mismo ritmo que sus dedos cuando bordaba. No la eché de menos. No la echo de menos. En casa, después de su muerte, me quitaba la ropa y me sentaba en el suelo de cemento caliente debajo del tendedero, me quedaba allí. Tenía un hijo y un amor. Algunas prendas de Leninha y mías seguían ahí colgadas de las cuerdas. A causa del viento, el sol y la lluvia, aquella ropa ya no olía más a nosotros. Qué bueno era sentir que tenía un cuerpo y que estaba solo, un cuerpo con músculos, huesos, piel. Luego volvía a ponerme la ropa. La tela, casi calcinada de tan seca, olía a sol; notaba su calor en la piel, el pantalón me quemaba las piernas, la camisa me quemaba la tripa y tenía la sensación de estar de nuevo en el mundo.»

Teo se sintió más hombre por haber tenido un hijo varón y por ser el viudo de la preferida de su padre. Fue a buscarte a la casa de la enfermera, le dio las gracias y se marchó. Adondequiera que llegarais erais bien recibidos, según me dijo Teo, porque él era fuerte y tú eras pequeño. El segundo día por la tarde decidió parar en la hacienda donde te criarías. Allí se hizo vaquero.

Tú, que apenas eras un niño que jugaba en el parque, te acercaste a él queriendo mostrarle alguna cosa. Tu padre arrugó el entrecejo y, de un brinco, salió corriendo detrás de ti haciendo el papel del lobo feroz hambriento que va a cazar y devorar al niño valiente. Tú pusiste cara de furia y le apuntaste en la mitad de la frente con un arma imaginaria hecha con los dedos; él cayó con los brazos abiertos y la lengua afuera, exagerando. Tú, muy tierno, marchaste en círculos alrededor de él y empezaste a cantar en voz bajita la canción que tu padre y yo cantábamos cuando éramos niños. Teo abrió los ojos para acompañarte en el canto. «Somos los cazadores y nada nos amedrenta, mil tiros pegamos al día, matamos fieras sin cuento. Por toda la selva andamos, por valles y serranías, cazamos jaguares, pacas, armadillos y agutíes.» Era una novedad ver a Teo tan alegre. Dices que en Cipó siempre estaba así, haciendo payasadas y contando cuentos. Me extraña; me falta una parte de la historia.

El deber me llama, muchacho, aun después de jubilado me buscan. Doña Silvia, cuando quería llamar la atención de su hijo, citaba a su abuelo: «El hombre es presa del deber». Y Xavier, por molestar, le respondía: «Y del placer». Las cosas como son. Su bisabuelo dejó unas haciendas; participó de la construcción de los ferrocarriles. Su padre construyó hospitales; se hizo un nombre en el mundo académico. ¿Y mi amigo Xavier? Escribió artículos; tradujo y escribió novelas incomprensibles que acabaron devoradas por el moho y las polillas; publicó cuentos en revistas que nadie leía, y las piezas teatrales que montó se las llevó el viento para siempre. Quizá en alguna cofradía secreta lo recuerden, aunque no será durante mucho tiempo. No tuvo siquiera el coraje de ser artista: ésa es la verdad.

Y São Paulo no perdona, te restriega en la cara lo que no has podido ser y al final de tu vida la cosa empeora, las evidencias se vuelven palmarias. ¡No lo has logrado!, ¡ni siquiera te has acercado!, parpadean los letreros luminosos de la avenida Paulista.

Xavier sintió el golpe, murió prematuramente, no soportó constatar el fracaso en un nido vacío, en una casa sin hijos, el único legado que a la larga fue capaz de dejar en la vida. Por otro lado, sólo en la ciudad de São Paulo se puede ser alguien, de eso estoy seguro, al menos si hablamos de Brasil, y no vale la pena ir más allá, salir al mundo, porque eso no deja de ser una abstracción.

Por más que uno trabaje en Río de Janeiro, Belo Horizonte o Porto Alegre, nada dará frutos si no se pasa por São Paulo, porque aquí es donde se toman las decisiones, donde circula el dinero, las ideas prosperan y se libra el verdadero combate. Trabaja mucho, lábrate un nombre que perdure. Es la obra, y no los hijos, lo que uno se lleva a la tumba, lo que a la larga cuenta. Mira la ciudad desde aquí arriba: nuestra primera oficina quedaba en el centro, hace quince años nos mudamos aquí, a Paulista. Ahora la gente se quiere mudar de nuevo, a la zona de Berrini. Me alegro de estar prácticamente jubilado. No sé qué haría en medio de ese río de coches y camiones, y sin ningún horizonte. Son las nuevas fronteras. El problema es que vamos incinerando las viejas, dejando la tierra arrasada a nuestro paso.

Nací en Campos Elíseos. Mi primer trabajo estaba en Líbero Badaró; ésos eran lugares elegantes, prestigiosos. La avenida Paulista todavía es soportable, pero tengo la impresión de que cuando nos vayamos todos, la retaguardia en fuga, la degradación se apoderará de todo esto también. Ojalá pudiéramos resistir un poco más, con más gallardía y organización, a esa masa amorfa, hambrienta y descolorida que siempre nos pisa los talones. Desde aquí arriba miro hacia atrás, hacia el centro, veo lo que queda de lo que construimos: escombros marrones por aquí y por allá. Nuestro camino está hecho trizas; sólo hay ruinas sucias, ruinas humanas. Los llaman *sin techo*. Son pobres, me compadezco, pero el término correcto debería ser *invasores de la calle*; a su paso la tierra queda baldía, la violencia de la miseria esteriliza todo a su alrededor. Allí donde hay miseria sólo se producen hijos y nada más. Me gustaría resistir aquí, en lo alto de este rascacielos. Pero la barbarie es insidiosa, la avenida ya está inmunda; las aceras, rotas, y los muros, grafiteados. No me gusta, a nadie le gusta andar entre mendigos y familias desparramados por el suelo, mezclados con colchones, mantas mugrientas, perros, además de los vendedores ambulantes y los propios peatones, tan feos. Y, sin embargo, abajo, cerca del río, me dan escalofríos en esas avenidas limpias y vacías. Entre esos edificios enormes, apartados y cercados, coches y más coches, entramos por los garajes, subsuelos, ascensores y puertas de acero reforzado, ventanas de doble acristalamiento y lunas tintadas, verdes o grises. Las ventanas fijas nos protegen del ruido, del humo y del suicidio. Renunciamos a las calles y nos aislamos, acurrucados, en lugares oscuros. Se han invertido los papeles: las ratas somos nosotros.

Por aquí, a pesar de la barbarie, puedo ir a pie de un lugar a otro, sentir cómo trabajan a toda prisa los chicos de la oficina, la conversación agitada de los jóvenes de traje y corbata, la fría elegancia de las chicas que ocupan nuestros despachos. Por aquí al menos se camina, aunque reconozco que cada vez con menos placer y más miedo, por eso prefiero ir al Club de Campo. Si supiera manejar bien el ordenador y comprender internet, no tendría que venir tanto aquí, pero ya sé que, al menos en esta vida, eso no va a suceder.

Si Xavier estuviera vivo con toda seguridad se reiría de mi incompetencia tecnológica. Siempre vivió pendiente de las novedades, tenía facilidad para aprender y era curioso con los aparatos. De los que arreglan el reloj y el enchufe de la luz. Si hoy le hicieran un diagnóstico, imagino que sería algo cercano a la manía. En aquella época, cuando lo enviaron a la casa de reposo, no sé si llegaron a ponerle un nombre a su crisis. El hecho es que, a lo largo de su vida, él siguió con altibajos. Ya te conté que no volví a frecuentar mucho a tus abuelos después de mi regreso de Europa. Ya no iba mucho a casa de Xavier, pero sí me veía con él cada cierto tiempo a lo largo de aquellos años, hasta el día de su muerte. Mi exmujer no se llevaba muy bien con Isabel. Tenían concepciones muy diferentes sobre la educación de sus hijos, sobre el modo de administrar el hogar; había críticas y rencores: nunca congeniaron. Entonces, una o dos veces al año quedaba con

Xavier para almorzar, tomar una copa y conversar. Pero para eso tenía que estar pasando por un buen momento; de lo contrario, no salía de casa. Nunca hizo terapia; creía que la vida consistía en esos ciclos y que no había nada patológico en eso. Durante los períodos de depresión quería silencio, poco movimiento, se encerraba en su despacho, escribía lo que le pedían del periódico y el resto del tiempo veía la televisión o leía. Una vez me contó que la manera que había encontrado para salir de esos estados depresivos era estudiar a un autor nuevo o aprender un idioma. Ése era su proceso de cura y, según todos los indicios, le funcionó muy bien. Cuando murió, no sólo era capaz de leer y traducir lenguas corrientes –inglés, alemán, francés, español, italiano– y clásicas –latín y griego–, sino también el árabe, el húngaro, el ruso y hasta el sánscrito. Tal vez no las dominara del todo, pero sospecho que conocía algo más que los rudimentos de cada una de ellas.

Mis encuentros con Xavier siempre fueron fascinantes. Retomar el contacto con él era volver a sentir cosas muy valiosas para mí, sensaciones que quedaban inhibidas en el día a día y por el tipo de vida familiar que llevaba. La informalidad y el desparpajo de Xavier revivían en mí la irresponsabilidad de la juventud, por no hablar de su amplio conocimiento de la literatura, el teatro, el cine. Quizá no fuera tan impresionante, pero, para alguien como yo, con apenas tiempo para leer alguna novelita de vez en cuando, era estimulante oírlo. Recuperaba el equilibrio, me prometía a mí mismo leer más, ir más al cine, lo que de hecho sucedía después de nuestros encuentros. Xavier funcionaba para mí como una válvula de escape, una conversación edificante por su inutilidad. Me gustaba perder el tiempo con él, algo distinto de los interminables domingos con la familia y los amigos alrededor de la piscina, formas de ocio que me irritan profundamente. Imagino que él también disfrutaba de nuestros encuentros. Me preguntaba por las transacciones comerciales que yo supervisaba o se interesaba por detalles de casos que había visto en los periódicos; seguía siendo un abogado, tenía un olfato excelente y nunca perdió su cultura de la Facultad de Derecho. Más de una vez lo invité a participar en algún caso específico, sobre todo al final, cuando vi que empezaba a tener dificultades financieras más serias. No lo invitaba por piedad, sino porque estaba seguro de que me sería útil. Pensé que la necesidad de dinero podría sacarlo de su terquedad y creo que, en más de una ocasión, llegó a planteárselo. Al final encontró otra manera de resolver su problema y ya no insistí más.

Xavier tenía curiosidad por todo tipo de trabajos, actividades y ocupaciones humanas: los grandes empresarios, las estruendosas bancarrotas, los bastidores de las negociaciones comerciales y diplomáticas entre países. Hablábamos también sobre historia y guerras, la formación de los pueblos y las lenguas. Era un tipo lúcido y un poco delirante; se quejaba de que los personajes de la literatura brasileña sólo eran funcionarios públicos, intelectuales, artistas, prostitutas, migrantes, a lo sumo un comerciante, pero nunca industriales, banqueros, ejecutivos de éxito. Xavier decía que el tedio, las angustias y la capacidad creativa no eran exclusivas de ninguna profesión.

En ese sentido, no era el desprecio por los hombres de acción o por los tipos exitosos lo que le impedía ganar dinero. Llegué a pensar que era la pereza y quizá una incapacidad para ser sistemático y organizado. Sin embargo, cuando me hablaba de sus piezas teatrales o de los diversos trabajos que hacía simultáneamente, comprendí que tenía una mente bien organizada.

Tuvo cierto éxito en la época en que creó aquella editorial de libros baratos, hasta ganó algo de dinero, pero no le duró mucho. Después de la quiebra, que habría podido ser peor si Isabel no hubiera ahorrado, desistió para siempre de proyectos que implicaran riesgos financieros, aunque creo que no eran sólo riesgos financieros, sino sobre todo sociales. Lo ayudé a lidiar con los acreedores y por eso tuvimos que vernos más durante aquella etapa. Quedó muy abatido después de tamaño fracaso. A pesar de su estilo torpe y nada convencional, le pareció una vergüenza que su nombre se hubiera ensuciado en plena plaza pública, un vejamen. Lo que más lo atormentaba era oír a sus amigos culpar de la quiebra de una editorial con tan nobles propósitos a la falta de cultura del país, a la insensibilidad del público a la literatura de vanguardia, a la falta de apoyo estatal a las artes. Tenía accesos de vergüenza y rabia al ver que lo defendían con el mismo espíritu mediocre que había intentado combatir con su empresa.

Tu abuelo era un liberal empedernido y radical, sabía que toda la culpa había sido de su incompetencia para administrar las cosas más básicas de cualquier negocio, entradas y gastos, demanda y oferta. No tenía nada que ver con la sensibilidad del público ni la calidad de los productos, y sí con su incapacidad de crear una sintonía entre estos dos extremos. Se sentía estúpido, un débil mental. Con Xavier todo era así, exagerado, monumental. Su nombre, su apellido, estaba desdorado para toda la eternidad, mancillado en las plazas públicas del universo. Sus hijos jamás podrían volver a caminar con la cabeza bien alta; sus hijas ya no podrían tener buenos pretendientes, tendrían que contentarse con una madurez estéril. Su mujer, la pobre Isabel, tendría que cargar el resto de su vida con la cruz de un marido aventurero, incapaz de pagar sus deudas y de cumplir su palabra. Estuvo casi un año metido en ese personaje: el deshonrado y estúpido Xavier, un paria entre parias, el gusano que dilapidó la herencia del honrado trabajo de su padre. Al cabo de un año logramos saldar todas las deudas, cerrar la empresa y donar el resto de las existencias que, a lo largo de aquellos tenebrosos meses, Xavier había acumulado en el húmedo sótano de la casa. Más de la mitad de los libros estaba carcomida por los gusanos y el moho; la otra mitad se la llevó quién sabe quién. Resuelta la cuestión, habiendo puesto fin a la deshonra, Xavier volvió a su miríada de actividades, pero ya sin atreverse a buscar el éxito.

Y mi hipótesis es que fue el miedo lo que apartó a Xavier del mundo de los negocios, del mundo a secas. Miedo de agarrar a esta ciudad por el cogote y demostrarle a qué había venido. São Paulo no acepta delicadezas. Pero él no habría soportado otro fracaso, y todavía menos un reconocimiento mediocre. Optó por el ruido, el numerito, la retórica y, algo en lo que fui reparando poco a poco, la vida familiar y la crianza de sus hijos. Para Xavier éstos quizá ocupaban el lugar más importante de toda su obra jamás realizada. Puedo estar equivocado, claro: por más cosas en común que tuviéramos, nuestros mundos eran de hecho muy diferentes.

A veces hablábamos de mis problemas en casa, de las dificultades con Fernanda y de su visión, tan estrecha, de cómo hacerse cargo de una familia. Al principio creí que se trataba de un proceso natural de la maternidad, la sobreprotección de los hijos, los miedos de todo tipo, aunque también percibía en ella un sentido moral poco inteligente. La cosa se fue agravando y me di cuenta de que ella creaba una coraza cada día más cerrada en torno a la familia. Fernanda me hacía sentir sucio cuando regresaba a casa y eso me exasperaba, me parecía patológico. El mundo fuera del hogar se iba volviendo cada vez más corrupto y amenazador. Las cosas no habían sido siempre así, pero creo que la degradación de la vida en la ciudad convirtió a Fernanda en una persona temerosa y agresiva. Con el tiempo me acostumbré y entre los dos se creó implícitamente una lista de asuntos sobre los cuáles no hablábamos. Su amor por nuestros hijos y el cuidado del hogar, además de mi carrera, me proporcionaban un amparo más que necesario y siempre le estaré agradecido por eso. El problema es que la gratitud no llena la tripa, ya me entiendes.

Conversando con Xavier, me imaginaba a su familia de un modo muy diferente. Hablaba de sus aventuras con una ligereza tal que incluso llegué a pensar que Isabel tenía conocimiento de ellas y no le importaba; aceptaba con humor la naturaleza masculina, tal vez. Siempre temí que Fernanda descubriera mis escarceos, lo cual les daba cierto sabor a las cosas, aunque, al mismo tiempo, me sentía culpable porque no quería hacerle daño y siempre hice lo posible por preservarla. En ese aspecto, Xavier parecía más dueño de su vida. Nunca mencionaba que tuviera ningún problema con su mujer, con sus hijos ni con la rutina de la casa; las noticias eran siempre estimulantes.

Imagino lo mucho que le dolería la partida de su hijo menor. Tenía mucha fe en los benjamines. Xavier era ese tipo de persona que necesita estar rodeado de gente joven, en el trabajo, en el bar, en la cama. Siempre fue así; decía que necesitaba una recarga permanente de las pilas. No es que se hubiera quedado en la adolescencia ni que estuviera falto de esas alabanzas entusiastas que únicamente los jóvenes pueden ofrecer. Más bien creo que tenía que ver con el afán de aceleración constante de su mente y su apego por la belleza. Siguió siendo joven, de hecho, más tiempo que nosotros. Supongo que la marcha de Teodoro, junto con el inicio de la vida profesional de su hijo mayor, fueron un quebradero de cabeza para él. Como si se hubiera dado cuenta de que estaba envejeciendo. Un tipo de cincuenta y pocos años decidió que ya era un viejo, asumió ese papel. En nuestras conversaciones empezó a hablar sobre la importancia de acumular riqueza para el final de la vida; se arrepentía de no haber ahorrado para ayudar ahora a que sus hijos se compraran un coche, una casa, que pudieran iniciar una vida.

Por otro lado, le irritaba que su hijo mayor se preocupara tanto por el salario que le pagarían en el nuevo empleo, que ya estuviera pensando en el seguro de salud y en la jubilación, que tuviera que someterse a una rutina mediocre de funcionario público para ahorrar dinero y casarse. Cuando el muchacho participaba a pecho descubierto en las manifestaciones, se comportaba como un necio; cuando su mente, insegura y generosa –porque Henrique es un tipo generoso–, lo empujó al servicio público, se volvió mezquino. Las contradictorias expectativas de Xavier debieron de dejarlo sin un norte, una desorientación permanente para sus hijos, y el resultado de eso saltaba a la vista en tu padre. Xavier era un irresponsable también en su casa. Encantador con sus amigos y sus amantes, devastador con sus hijos, un parásito para su mujer. Sé muy bien de qué te estoy hablando: vi lo suficiente para no usar esos términos a la ligera. Si al menos hubiera sido genial, o un sabio, sus hijos habrían podido aprender algo que contrarrestara las ambiguas exigencias que les hacía. Él, por ejemplo, no se daba cuenta de que no había tenido necesidad de someterse a la lógica del trabajo y la rutina en su juventud, y, pese a ello, había conseguido formar una familia sólo gracias al dinero de las herencias, la suya y la de Isabel, que acabó despilfarrando. Pero no, Xavier decía que a su hijo mayor le faltaba osadía.

A tu padre, en cambio, no. Él sería el legítimo heredero. En el viaje de Teodoro veía la repetición de lo que él mismo había hecho cuando viajamos juntos a Europa. Como si Xavier hubiera hecho allí grandes cosas. Yo hice mi maestría en la París de la posguerra, en ruinas, esquizofrénica. Él vivió la ciudad de noche, los bares, el descubrimiento del nuevo teatro. Fue una maestría para él, en cierto modo. Apenas se quedó un año y regresó antes que yo. Tras la marcha de su hijo menor, Xavier volvió a hablar de París, de su locura tras la muerte de su primer hijo, del estado catastrófico en que llegó, de su identificación con la ciudad. Fue ahí, al contarme el viaje de tu padre a Minas, cuando empezó a hablar otra vez de Elenir.

Tras la muerte de Benjamim, durante el período de luto en casa, en el hospicio y luego en París, él nunca se refería a la desaparición de Elenir. Hablaba sobre su mujercita, el ángel de su vida; sobre la casa de sus sueños, que ella había construido y donde vivieron juntos en un éxtasis permanente; sobre el cuarto del crío, los pajaritos pintados en la pared, el encaje de las cortinas y los dobladillos de pequeñas margaritas; sobre el parto, su hijo, el hospital y la muerte. Elenir acababa disuelta en un tiempo encantado, como si hubiera muerto junto al hijo. No sé por qué, pero hasta que tu padre no se marchó a Minas, Xavier no empezó a hablar de culpa y abandono.

Me había encariñado mucho con Elenir, una muchacha decidida, inteligente y muy dulce. Tuvieron al niño en la maternidad de São Paulo, atendidos por un médico al que conocía tu bisabuelo. Creo que fui el único amigo a quien avisaron, tal vez porque ya tenía coche y Xavier se olvidó de llevar el bolso con las cosas del bebé. Fui a recogerlo al hospital y nos fuimos juntos a buscarlo. Elenir tuvo un parto largo y difícil. Era demasiado joven; su cuerpo todavía no estaba formado del todo; se puso de parto, rompió aguas y seguía sin alcanzar la dilatación necesaria. Xavier quería estar presente en todo momento; discutía con las enfermeras, con los médicos; exigía que lo llevaran de inmediato a la sala de parto. Cuando llegué, Elenir intentaba tener entretenido a su marido para que le diera algo de sosiego. Le pedía que le acomodara la almohada, que le refrescara la frente con un pañito húmedo, que cerrara un poco la ventana, que la volviera a abrir, que fuera a traerle un vaso de agua. Contaba historias que había oído sobre partos largos y felices, cambiaba de tema, hacía de todo para distraerlo, pero él no tardaba en volver a aquella agitación tan perturbadora.

Entré en la habitación y ella me miró con ojos de alivio, me pidió que me acercara y me dijo al oído que me llevara a su marido y que lo alejara el mayor tiempo posible antes de traerlo de vuelta. Xavier quería darme la llave de su casa y que fuera solo a buscar el bolso, pues según él debía quedarse allí, cuidando de su esposa. Elenir tuvo contracciones, se quedó sin habla, el rostro crispado. Su sufrimiento era visible en todos sus poros de niña; apretaba los dientes y se concentraba en respirar como un animal herido. Xavier se agitaba y exigía cuidados de facultativos, como si el dolor de su esposa fuera producto de un error médico, y no el resultado natural de un parto. Pasada la oleada de contracciones, Elenir le pidió por favor que me acompañara porque Xavier se había olvidado de meter esto y aquello en el bolso, cosas que sólo él sabría dónde encontrar. Cuando salí de la habitación, ella me hizo un guiño de complicidad con tanta gracia infantil que ni siquiera parecía estar padeciendo semejante dolor. Así era Elenir, sin ostentación alguna, siempre cariñosa y comprensiva con las excentricidades de mi amigo. Me parecía que nada en el mundo podría intimidar a aquella muchacha. Sentía por ella un cariño inmenso. Aun estando sudorosa, desaliñada, con el rostro desfigurado por el esfuerzo, dejaba entrever algo de su naturaleza celestial y a la vez subterránea. Era un ser original, sin ninguna duda.

En el coche Xavier, hablando sin parar, me pedía que me saltara los semáforos en rojo, y yo, tranquilo, afectado por la luz de tu madre, pensaba que mi amigo era un hombre con suerte. El matrimonio es algo muy complicado, pero entonces yo no sabía nada de eso. Es cierto que ellos no tuvieron que sufrir el desgaste lento de los días y los años, la educación de los hijos; su matrimonio apenas se vio expuesto al contacto con el mundo de los hombres. En cualquier caso, me quedé con la sensación de que Xavier tendría una vida junto a Elenir, no sé cómo decirlo, una vida más sencilla, ciertamente más feliz.

La vida nos golpea tanto, de una forma u otra, que acabamos siendo seres inevitablemente más vulgares de lo que la juventud nos promete. Xavier se convirtió en un tipo fanático, solamente le interesaba aquello que alcanzaba la intensidad que él exigía, mujeres jóvenes, nuevos autores, idiomas diferentes, ideas locas. Un imbécil. Todo habría sido diferente si… Isabel se casó con un Xavier ya transformado y sufrió un poco, por ella y por sus hijos. Mucho tiempo después de la muerte de Xavier, y siendo testigo de la locura de tu padre, fue cuando me di cuenta del tipo de infancia y juventud que tuvieron que vivir aquellos chicos, sometidos a unas expectativas tan confusas. Me gusta pensar que con Elenir él habría sido más serio y menos vivalavirgen. Cuando ella se fue, el vacío que Xavier siempre sintió, y que intentó llenar con gran empeño mediante los estudios y el trabajo, se hizo más y más grande. De hecho, se transformó en un vacío sin fondo.

Lo que pasa es que él se asustó y creo que Elenir se dio cuenta de que no sería la primera vez que aquello sucedería. Hasta que no he hablado contigo no he conseguido atar algunos cabos que antes no lograba comprender del todo. Me dices que tu madre era médica cuando conoció a tu padre, que tenía una casa propia adonde se lo llevó a vivir; ella trazó su destino y lo cumplió. Faltaba su hijo y el amor, un compañero. Dices que ella no quiso disponer de los recursos que, llegado el momento, podrían haberle ofrecido los padres de Teodoro, cosas que habrían minimizado los riesgos del parto. He hecho unos cálculos: cuando naciste, ella debía de tener unos cuarenta y cinco años. Imaginemos que no hubiera tenido ningún hijo entre el que tuvo con Xavier y tú, pues, en el parto del primer Benjamim, quizá por la inmadurez de su cuerpo y el estado rudimentario de la medicina en 1950, el útero resultó dañado, quién sabe, debido al uso de fórceps, la falta de cuidados después del parto. Lo que quiero decir es que, siendo médica, a buen seguro era consciente de los riesgos de tener un hijo a esa edad y tantos años después de un parto difícil. Conocí a Elenir. Ella no era orgullosa. Ése no debió de ser el motivo para no pedir ayuda, cosa natural, ya que, al fin y al cabo, se trataba de la familia de su marido. Habría podido tener a su hijo en São Paulo, en un hospital en mejores condiciones de atender un parto de riesgo.

Dices que ella no conocía a la familia de tu padre, que tal vez ni siquiera se imaginara la posibilidad de que fueran familia: eso es imposible. Yo sólo conocí a tu padre después de su regreso de Minas, carcomido ya por la enfermedad mental, que le afeaba y le deformaba el rostro; con todo, era el vivo retrato de Xavier. Y, aunque no fuera así, todos tenemos inscritos en cada milímetro de nuestra piel, en nuestro olor, en los dientes, hasta en la manera de decir buenos días, por favor, el lugar donde hemos nacido y nos hemos criado. No tengo ninguna duda de que Elenir sabía con quién estaba lidiando. Es posible que no supiera que Teodoro era hijo de Xavier, medio hermano de su hijo muerto, pero con certeza sabía que se trataba de la misma gente, parte del mismo barro. Sí, tu padre no quería ayuda, había roto con su familia; ahora bien, Elenir habría sabido cómo pasar por encima de eso con mucho tacto si ése hubiera sido su deseo.

Hablas de religión, de un sentimiento místico de tu padre sobre la formación de una nueva familia pura, en el seno del catolicismo de raíces indígenas de Elenir, pero veo que ni tú mismo te lo acabas de creer. Sobre todo, ahora que vas a tener tu primer hijo. Te comprendo. La continuidad de la vida es mil veces más fuerte que cualquier tontería filosófica. Me cuesta creer que Elenir se hubiera sometido a ese riesgo en nombre de designios divinos o del aislamiento de la pareja para preservar algo tan vago como la pureza de un amor especial y diferente. Esa locura de aunar el amor con el aislamiento del mundo no venía de Elenir, puedes creerme, ella nunca fue así. Eso venía de los Kremz. También tengo muchas dudas sobre esa historia de que, durante el embarazo, hablaran con tranquilidad y tono de elevación espiritual sobre la proximidad de la muerte y del nacimiento. Bobadas. Tu padre era un crío; no debía de entender nada. Yo creo que Elenir ni siquiera tocaba el tema. Ella sabía muy bien que la preocupación de los hombres en ese terreno no sirve para nada y, en mi opinión, fue una resolución que ella tomó sola.

Esa historia luminosa se la inventó tu padre más adelante, sin duda para soportar el sentimiento de pérdida y de culpa al pensar que habría podido hacer algo más. Estoy seguro de que no podría haber hecho nada: ella estaba al mando y ésa fue su decisión. Nosotros, los hombres, siempre somos unos idiotas; ellas hacen lo que les da la real gana, máxime cuando la cuestión es la familia. No digo que Elenir hubiera elegido morir, pero sí sé que, después de lo que pasó con Xavier, ese riesgo era menos penoso que verse envuelta con la familia de Teodoro. Aunque ella no supiera exactamente de qué familia se trataba, cosa que dudo, conocía sus códigos de conducta en relación con los hijos y los herederos.

También es importante que entiendas que quien te cuenta todas esas cosas es ese tipo, Raul, un aprovechado que puso pies en polvorosa cuando su amigo más lo necesitaba. ¿Te suena esa historia? Donde menos te lo esperas, nada bueno puede salir de ahí. Pues eso es: como todo aprovechado, cuando el núcleo se disgrega, él se ve atraído por otra órbita y así termina creyendo que es independiente, que tiene vuelo propio. Es un fantasioso, un chalado; su lado estético encapsula su realidad, un tipo desagradable y pedante.

Ayer, aprovechando que estaba en São Paulo, fui a visitar a Isabel al hospital. Le estás provocando a mi amiga un tumulto en la cabeza. Lo sé: no te das cuenta y ella jamás lo reconocería delante de ti, así como hay muchas otras cosas que nunca te dirá. Ella sí es orgullosa, se toma su independencia como un asunto de honra, convierte todo en una gran batalla. Por eso digo que, junto a Elenir, Xavier habría tenido una vida más sencilla y quizá más productiva. Elenir no era de defender sus puntos de vista, de tomar banderas, de preocuparse por la salvación del mundo y por los destinos del país. Ella comprendía a la gente y sabía de matemáticas, lo cual le otorgaba una fuerza descomunal.

Confieso que también yo estoy empezando a comerme el coco con nuestras conversaciones. Entre otras cosas, por eso también fui a ver a mi amiga. Ahora bien, ¿te parece conveniente, estando ella así, tan solita? Por supuesto ella no se queja, si lo hiciera no sería Isabel, pero es evidente que sufre. Aparte de ti y de Renata, la hija de Leonor, ninguno de sus hijos o nietos aparece por allí. La llaman de vez en cuando. Yo estaba con ella cuando Flora la llamó. Isabel fue tan seca, tal altiva que uno comprende por qué se está muriendo sola. De cualquier modo, deberías hablar con tus tíos, que ellos hagan un esfuerzo, que rompan el caparazón de la anciana y cumplan con su papel de hijos. ¿Qué le sucede? Que es una amargada, y sé lo difícil que es, pero, caramba, morirse es muy duro y lo mismo les sucederá a ellos. Isabel no tuvo una vida fácil. Se echó encima todo el peso de la crianza de sus cuatro hijos, además de cuidar de Xavier. Parece que la única que la visita a menudo es Leonor, pero creo que tenía una gira y su madre no estaba tan mal cuando tuvo que salir de viaje. Tu abuela habla de ti con cariño, un cariño crítico, divertido y cruel, por supuesto, lo que para ella significa afecto en el grado más elevado. Me dijo que le gustaría vivir para conocer a tu hijo. Que gracias a ti se acordó de Teodoro y Leonor cuando eran pequeños, pero también se pone triste porque no recuerda muchas cosas importantes, le da vergüenza. Pero, claro, a ti no te cuenta eso.

Xavier se sintió decepcionado con las opciones vitales de Henrique y Flora, sus hijos mayores, y empezó a tacharlos de mediocres. Puso mucha fe en la música de Leonor y en el camino aventurero de tu padre. Debido a su sentido de la justicia, Isabel tomó partido por los mayores. También porque muy pronto empezaron a vivir sin necesidad de pedirles dinero a sus padres, y eso ya era de gran ayuda para tu abuela. Todo indica que, desde que eran muy pequeños, Isabel ya sentía que debía protegerlos de las erráticas y exageradas exigencias de Xavier. Con los menores, ella creía que el propio movimiento de la casa bastaría para mantenerlos a flote. Con ellos la presión no era tan grande.

Isabel recuerda que Teodoro siempre estuvo muy apegado a ella, le gustaba quedarse calladito a su lado, dibujando, mientras tu abuela estudiaba. Que le irritaban el vozarrón y los pesados pasos de su padre; guiñaba los ojitos cuando lo sentía aproximarse y se iba con su dibujos a otro lado. Aquella ausencia de todo deseo de agradar debía de atizar el interés de Xavier y la dependencia del amor materno debía de preocupar a Isabel.

Ciertamente, tu abuela no te habló de nosotros. Cuando llegaste a São Paulo con tu padre, nuestro *affair* ya se había terminado, y otra vez yo no era más que un simple amigo de la familia, el único amigo con dinero que les quedó, como dice Isabel, con la acidez que la caracteriza. El hecho es que, por coincidencia de tiempos y de vida, justo después de la muerte de tu abuelo, me separé de mi mujer. Tuve un período divertido en el que aproveché el deseo y la fuerza que todavía tenía, el dinero acumulado. Pero, al cabo de un tiempo, eché en falta algo de compañía, alguien que hablara mi idioma; añoré la posibilidad del compromiso. De joven había intentado tener algo con Isabel, pero tu abuelo tenía mucho más encanto y, a mi regreso de París, ellos ya se habían casado. Pues bien, como dicen por ahí, a rey muerto, rey puesto: empecé a visitarla, salíamos a cenar, unas cuantas citas, pero no tardé en advertir que ella conmigo sólo quería distracción y sexo, nada de compromiso. Ahora suena hasta gracioso, pero en su momento fue muy frustrante. Por mucha disposición que demostrara, hasta para ayudarla en las cosas prácticas de la vida, como llevar las cuentas, que ya eran bien apretadas, en la venta del último inmueble que le había quedado del expolio infinito de su suegra y, por mucho que colaborara en el inicio de la vida profesional de sus hijos, ella siempre me consideró un hombre al que cuidar. Y eso me parecía insoportable.

Nos pasamos casi un año mareando la perdiz hasta que me di cuenta de que aquello no tenía ningún futuro y desistí. La verdad es que a Isabel nunca la cuidaron en su vida, ella siempre era la que cuidaba. Primero, de su madre enferma; luego, de su padre, viudo, y, finalmente, de sus hijos y su marido. Imagino que con Xavier creyó que al menos encontraría a un compañero con quien compartir tareas, pero no fue así, claro. Con él compartía el amor, las ideas y las disputas, pero no los quehaceres. Me di cuenta de que ella no estaba al tanto de las aventuras de Xavier; lo poco que supo le hizo cierto daño. Sintió que Xavier había roto el pacto: la distribución de cometidos dejó de ser justa; Isabel pasó a sentirse la gobernanta de su marido y de sus hijos, y ser la capitana del hogar no le proporcionaba ningún placer. Pasarse la vida haciendo el papel de madraza no le sentaba bien y así, sin darse cuenta, ése fue el personaje que construyó para sí misma en su casa, en la facultad y en sus trabajos. Se sentía responsable de todos. Y eso le resultaba tan pesado que quiso librar a Xavier y a sus hijos de las obligaciones mezquinas de la vida cotidiana, construirles un espacio donde la única obligación fuera crecer y ser geniales. Crio a una panda de irresponsables, de ingratos, sin la solidaridad más básica de acompañar a su madre en su agonía: ni siquiera de eso son capaces. Isabel les inculcó un auténtico horror a las obligaciones mientras cargaba sobre sus hombros la responsabilidad de que todos se dedicaran sencillamente a ser los mejores.

Quise casarme con Isabel, quise cuidar de ella, tan poderosa y necesitada a la vez, pero ella ya no era capaz de ofrecerme eso. Después de una vida tan dura, mi amiga se sentía presa y sofocada cuando velaban por ella. No advirtió que lo que la asfixió toda su vida fue la obligación de atender a los demás sin recibir nada a cambio. Fíjate que es curioso: para Fernanda, mi exmujer, velar por los otros también era una obligación, pero a ella le gustaba eso, era un intercambio justo, cuidar y ser cuidada, el sentimiento de estar atada por los lazos de la reciprocidad familiar era para ella una delicia, o peor, una necesidad absoluta. Cada uno tenía su rol en la familia, y nada hay más reconfortante que interpretar bien el papel.

La agitación de Isabel siempre me atrajo. Ella no se dio cuenta de que la única luz que había en aquella casa era ella, y no aquellos por quienes se mató. Una luz quizá demasiado ardiente, demasiado exigente, que acabó por calcinar el suelo de sus protegidos. Tu padre reparó en eso muy pronto, salió huyendo y acabó en el otro extremo, un extremo demasiado diferente de su sangre paulista, imposible que aquello saliera bien. Quién sabe si Elenir habría sido capaz de encaminarlo, pero ella acabó haciendo con él lo mismo que había hecho con Xavier. Al abandonar el barco, hizo más profundo el abismo de los Kremz, ese cráter que nunca entendí bien.

A las mujeres como Isabel las educaban en casa para contraer matrimonio, criar a sus hijos y tener un hogar respetable. Se formaron en escuelas para construir el nuevo mundo. Precisamente por ser mujeres creían en lo que les enseñaron, enarbolaron a sangre y fuego dos objetivos antagónicos. Acabaron por renunciar a ser independientes, optaron por exigirles a sus maridos y a sus hijos toda esa ambición que se vieron obligadas a reprimir. Isabel hizo una carrera muy honorable, como pocas mujeres fueron capaces de hacerlo. Acabó siendo catedrática en la Universidad de São Paulo, pero no le bastó. Se granjeó el respeto institucional, dejó su huella en la historia de la universidad, algunos libros de crítica literaria, lo que, según ella, apenas roza la piel del mundo, el país o la ciudad. Es una lástima que en estos momentos finales ella misma no consiga valorarse a sí misma como es debido.

¿Quieres ver a tu abuela fuera de sus casillas? Hazle un cumplido. Vas a ver cómo te fusila con la mirada mientras el suelo se abre a tus pies. Isabel es absolutamente incapaz de sentirse digna de la estima de los demás, mucho menos de admiración o ayuda. Ahí está, muriéndose, y sigue pontificando sola sobre ideología, literatura, crítica, los hijos, los nietos. ¡Diablos! Al final no va a merecer ni siquiera la muerte.

Sé que para nadie es fácil, pero para ella, siendo quien es, resulta todavía más difícil. Dios santo, es humillante que la muerte te vaya comiendo lentamente y sin parar, cada día un poco más; tal vez por eso grite tanto y cada día esté de peor humor, tratando de atajar lo que ya no tiene vuelta atrás.

La muerte del primer Benjamim fue diferente; nació muy débil. Elenir era de hablar poco, lo hacía con los ojos y las manos. Durante el martirio del bebé no se apartó de su lado ni un segundo. Xavier se asustó, llamó a su padre; vinieron los especialistas. Ya no la dejaron amamantarlo, probaron con tratamientos de mucho riesgo. La mayor preocupación era paliar las posibles secuelas mentales del uso inadecuado del fórceps, lo que acabó por poner en peligro la vida del bebé. Elenir quería salvarlo, no le importaban los posibles daños mentales; intentó sacarlo del hospital, dejar que siguiera con su vida o que al menos se muriera en sus brazos, en su pecho y en su casa. Las cosas no estaban claras. No entendíamos nada de medicina; el doctor Kremz era un gran médico, habría sido irresponsable no seguir sus indicaciones. Xavier fue muy firme con Elenir: encaró los miedos de ella como si fueran sólo una debilidad femenina y dejó que su padre asumiera el mando. El niño probablemente habría muerto de todos modos, creo yo. Elenir no culpaba a nadie, pero se sintió traicionada por su marido, un cero a la izquierda. Su percepción era que los hombres estaban ocupándose de la enfermedad, pero no del niño.

Me quedé charlando con ella algunas veces en la sala de espera del hospital mientras Xavier hablaba con su padre y otros médicos sobre el destino de su hijo. Doña Silvia tampoco salía de allí. Trataban a Elenir como un estorbo; atribuían su sufrimiento y sus exigencias a su origen, como si fueran cosas propias de alguien que no cree en la ciencia. No hubo ninguna solidaridad, ni siquiera el barniz católico. Yo era joven y les tenía mucho cariño al bebé y a mis amigos. Me desmoralizaba ese desencuentro de la familia de Xavier con Elenir. Sabía que eran buena gente; sabía también que Elenir no era la amenaza que doña Silvia y el doctor Kremz se imaginaban que era. Pero eran otros tiempos: no había espacio para argumentar. Todos estaban muy ofendidos.

Intentaron una cirugía que no salió bien. Benjamim agonizó dos días en el hospital. Ya no había nada que hacer; transfirieron al bebé a una habitación y Elenir por fin pudo estar a su lado. Consiguieron que les dieran una con una sala al lado. En aquella se quedaban los padres y el bebé; en la sala, doña Silvia recibía las condolencias y rezaba con el grupo de amigas. Esperaban un milagro, charlaban conmovidas. Hablaban de la belleza y el coraje del angelito, de todo el esfuerzo que su abuelo había hecho para salvarlo, del desconsuelo de Xavier; evocaban otras historias de aflicción paterna, niños enfermos que se salvaban. Tomaban zumo, cafecito; se limpiaban la boca con pañuelos bordados, cosa que hacían de un modo como ya no se hace, sin ensuciar los pañuelos con el pintalabios: apenas se secaban el contorno de los labios con una precisión y una delicadeza de movimientos que hoy ya no se ven, como tampoco se ven esos bordados finos, inocentes; se limpiaban la boca, estiraban las piernas en los pasillos, hablaban bajito y procuraban que los pasos en las baldosas no resonaran.

Doña Silvia aceptó las órdenes de Xavier: nadie entraría en la habitación donde estaba Benjamim, excepto los padres, los médicos y yo. Pero el aislamiento era imposible, y los pasos, los rezos y las conversaciones sacaban de quicio a Xavier. Él estaba exhausto; a veces lograba sacarlo de allí unos minutos y nos íbamos a un bar por ahí cerca. Sin embargo, no se quedaba mucho tiempo, tomaba alguna cosa, lloraba en silencio y ya quería regresar. Elenir tenía en brazos a su bebé, inerte, entubado; le acariciaba los piececitos, las manitas, el rostro, los ojos cerrados; le pasaba los dedos por el contorno de las orejas, el cuello finito. Sus manos parecían conversar con el cuerpo de su hijo, que se despedía. Unas manos bonitas, fuertes y morenas, con los dedos largos y nudosos. Se me quedó grabada esa imagen: las manos oscuras y el cuerpo casi transparente del niño en el silencio de la habitación; a veces tenía la impresión de que el bebé estaba siendo moldeado por aquellas manos; otras parecía que empezaba a adquirir algo de color. Las ilusiones que provoca el dolor. Lo más probable es que estuviera cianótico. Eso me dejaba hecho polvo y quería que el niño se muriera ya de una vez. Xavier llegaba al límite de sus fuerzas, Elenir le agarraba la mano y trataba de hacerlo partícipe de aquella conversación final. Quería que Xavier tocara al niño, que sintiera el ritmo de la sangre corriendo por sus venas, que oyera los latidos del corazón en su mano. Pero Xavier no podía.

No soportaba ver a su hijo así, inerte, moribundo; no soportaba estar lejos de Elenir, no aguantaba estar cerca de Elenir. Xavier le pedía que dejara al niño en la cuna, que descansara un poco. Ella obedecía; se recostaba en el sofá del cuarto. Cuando intentaba complacer a su marido, Xavier se irritaba, le entraban ganas de vomitar, sollozaba y respiraba hondo como un caballo encerrado. Creo que se sentía avergonzado delante de su mujer por no haber sido capaz de salvar al bebé. No era capaz de mirar a su hijo; parecía sentir odio y vergüenza por todo el mundo. Odiaba el cariño de Elenir y la vida, que seguía su curso envuelta en el ruido de la sala vecina. Se puso agresivo, empezó a gritarle a Elenir: deja a ese niño en paz, quítale las manos de encima; ese niño ya está podrido, ¿no lo ves?, ¿no lo hueles? Un médico que estaba en la habitación mandó llamar a dos enfermeros fuertes. Sujetaron a Xavier, que a esas alturas ya parecía a punto de golpear a Elenir, y lo sedaron. Xavier durmió profundamente, me parece que incluso antes de que el remedio hiciera efecto, como si ya no aguantara más y quisiera desconectarse como un interruptor de luz que se apaga cuando la corriente sobrepasa determinada carga.

Volví al día siguiente por la mañana; el bebé murió poco después. Elenir vistió al niño todo de blanco y pidió que la dejaran hacer el velorio en su casa. Xavier, atontado por el sedante, estaba tirado en un sillón, con la mirada perdida en el suelo. El doctor Kremz fue muy despiadado con Elenir. «Se acabó –le dijo–. ¿Acaso no ve que mi familia ya ha sufrido demasiado? No vamos a alargar más lo que no tendría que haber existido. Basta. El cuerpo sale de aquí directo para el cementerio, hoy mismo.» Elenir aguantó, de pie y sin ningún respaldo, la dureza del decreto de cancelación, amargo y definitivo, sobre ella y su hijo. Cuando el doctor Kremz pronunció la palabra *cuerpo* vi que Elenir se estremecía. No lloró, no respondió, pero algo dentro de ella se había roto. Un gesto de tristeza más profundo se demoró en sus ojos, una tristeza que te partía el corazón. Sus manos apretaron suavemente el bracito de su difunto hijo y algo fluyó entre la mujer y el niño, como si Elenir acabara de tragarse su alma y la protegiera dentro de sí en un lugar cálido y sanguíneo.

173

Su lívido cuerpo adquirió el color del bebé muerto. Me acerqué a ella. Temí que se desmayara. Elenir aceptó mi brazo, abrió unos ojos diferentes a los que había cerrado, unos ojos cansados y apáticos.

Ella le pidió a Xavier que se fueran de allí, quería irse a casa, tomar un baño, prepararse para el entierro, apartarse de aquellas señoras y señores desconocidos para ella y su hijo. Se agachó para hablarle en voz baja a su marido, que parecía no oírla, ni siquiera reconocerla. Ella le acarició el pelo, el rostro e intentó que él se levantara, pero Xavier no se movió. Yo traté de ayudarla: «Xavier, levántate –dije–. Ve a casa a bañarte; Elenir te necesita». Él me miró con ojos de espanto, como si no entendiera la lengua en que le estaba hablando. Doña Silvia, sentada a su lado, me dijo: «Haroldo, por favor, lleve a esta muchacha a casa, que de mi hijo ya me encargo yo. Será lo mejor, ¿no ves que apenas puede moverse? Cómo va a ayudar a nadie».

Elenir acarició una vez más a su marido, besó las manos de su hijo, exánime, sus ojos; susurró al oído del bebé una melodía que parecía salida de sus entrañas, hizo la señal de la cruz en la frente del niño y salió de la habitación sin despedirse de nadie.

He aceptado la morfina. Ya está. Me voy. Que al menos sea sin dolor. Tengo que hablar bajito para no lastimarme la garganta. Los médicos dicen que lo mejor sería no hablar; me amenazan con llevarme a cuidados intensivos. Pero he hablado con Marcelo, mi doctor y amigo de tantos años, y él está de acuerdo conmigo. Si no puedo morir en casa, como me gustaría, si la vida hubiera sido diferente, que al menos pueda ver si es de día o de noche, sin otras muertes al lado compitiendo con la mía. Que pueda ver tu rostro, recordar a Teodoro. ¿Para qué ahorrarme el esfuerzo de la garganta y las cuerdas vocales? ¿Para los gusanos? Ya sé lo que andan diciendo; no creas nada y, por favor, no me repitas esas tonterías. Se acabó, ésa es la verdad. No hay esperanza de nada: alargar la vida, nuevas drogas, ahorrar fuerzas para más adelante, sandeces. Se acabó. Es demasiado tedioso, he tirado la toalla.

Leonor me llamó desde París ayer por la tarde; hoy ha vuelto a llamar. Tiene un último concierto mañana; quería cancelarlo y venir a verme, imagino que Renata la habrá asustado. Se lo he prohibido tajantemente; no tiene sentido. Le dije que Renata y tú os estáis haciendo cargo de mí. ¿Estás quedándote en mi apartamento o en casa de Leonor? Con ellas, con Renata, bueno, me lo había imaginado. Siempre te cayó bien tu prima, una dulzura de muchacha; seguro que esta tarde viene a verme, quizá Henrique y Flora también. A todas luces Haroldo se ha entrometido en mi muerte llamando a mis hijos para recordarles su deber filial, una pena. Siempre he aborrecido las obligaciones familiares. Me gusta estar sola, no tiene ninguna gracia que tus hijos te visiten estando así, débil y fea. Contigo y con Renata es otra cosa: siento que vosotros dos tenéis un espíritu más… más… no sé cómo decirlo, una historia menos complicada conmigo.

Henrique y Flora son como Xavier: no lidian bien con las enfermedades. Flora se compadece, llora, adula y luego se inventa un cuento para consolarse, algo que haga coincidir la enfermedad y la muerte con un momento de su vida en que «los astros se alinean para que esté pasando por esta experiencia». Para Flora uno siempre sale más fortalecido y sabio de cualquier percance. Hasta del zafarrancho de corrupción en el país, de la muerte de su hermano, del fracaso de su tiendita de ropa en Vila Madalena, de su falta de persistencia en la carrera de actriz, del divorcio, de su hijo drogadicto, todo, de un modo u otro, acaba «alineando los astros». Henrique es del tipo que toma posturas, respalda científicamente su diagnóstico, sopesa los pros y los contras, cree en la ciencia y en avanzar paso a paso. Ha hecho una pesquisa tremenda en internet sobre este tipo de cáncer y sus tratamientos, se sabe el nombre de los medicamentos, conversa con Marcelo y es el responsable de mi internamiento. Se frustró mucho cuando no pudimos hacer el tratamiento en Estados Unidos, donde tendría acceso a nuevas medicinas y mis posibilidades de sobrevivir habrían sido mejores. Los médicos que habrían podido ayudarme, amigos de mi padre, ya están todos muertos; no conozco a nadie de la nueva generación, de los que ahora mueven los hilos. Henrique quería hablar con Haroldo, el último de nuestros amigos que sigue siendo rico. Me dio tanta rabia que tuvo que desistir de la idea.

Henrique me recuerda a mi padre: se ha vuelto una persona muy sistemática y probablemente tenga una agenda en la que anota los compromisos y los problemas que ha de resolver. Estar pendiente de mí debe de ser su cita de las once y media. Todos los días me llama exactamente a esa hora de la mañana y me comenta las decisiones de Marcelo; intenta convencerme de que vamos por buen camino, que hay esperanzas razonables de salir airosos una vez más. No le discuto nada, le agradezco desde el fondo de mi corazón su empeño en quitarme de encima las negociaciones con la burocracia del hospital, del seguro, de escuchar y discutir con Marcelo, pero el hecho es que no hay un *nosotros* por ninguna parte. Sólo estoy yo. Morir es un verbo intransitivo:

no se puede compartir, sujeto singular, jamás compuesto. Aun las muertes colectivas, el holocausto, la cámara de gas o las masacres son muertes individuales. Quien muere muere solo.

Henrique pierde mucho tiempo conmigo, lo sé, lo reconozco y me siento arropada por su forma de cariño y, por qué no, de su amor. Pero nunca viene a visitarme. Para quien cree en la salvación y en la redención, para quien el optimismo es una obligación moral, una paciente terminal es algo sencillamente insoportable.

Con Teodoro entendí con mucha claridad la soledad del final. Luego olvidé lo que era eso y ahora lo recuerdo con la misma nitidez de entonces. Cuando doña Zefa me llamó para decirme que mi hijo estaba enfermo en el hospital, sentí un agradecimiento sincero por su solidaridad de madre. Teo llevaba más de quince días internado y doña Zefa advirtió que aquello no era un simple acceso de malaria. Algunos médicos de aquí, de São Paulo, dijeron que una sífilis mal curada se ajustaba más a su cuadro de locura. A Teodoro le gustaba esa idea, la locura de los grandes hombres. Él fue mi hijo amado, no un gran hombre, y el nombre de la enfermedad ahora importa poco. Mientras estuvo en el hospital, doña Zefa te llevó a la casa principal y te trató como a un hijo o un nieto, lo que hasta ahora me conmueve y se me humedecen los ojos al recordar vuestro desamparo y la generosidad de esa mujer. Por más que nos portemos bien, siempre habrá un momento en que uno necesita ayuda; lloro al recordar que a veces hay alguien ahí, al otro lado, dispuesto a ayudar de corazón. Esas cosas pasan.

Puede que tu dulzura venga de ahí, de la bondad que por fortuna encontraste en Cipó. Mira: pasaste por la farmacia y me trajiste dos modelos diferentes de gafas, pensaste en mí, tuviste la duda de cuál me gustaría, porque no me conoces o me conoces poco, y, sin embargo, pensaste en mí, ¿comprendes lo que trato de decirte? Fue algo natural. Yo me quejé por no poder leer más, y tú te acordaste de ir a la farmacia, la cosa más natural del mundo, cómo no hacerlo. Para ti es así.

Al final no usé ningún par: ya no consigo leer de ningún modo, mi capacidad de concentración se ha acabado, me mareo. He tenido sensaciones fuertes, imágenes, sonidos, cosas que recuerdo; no echo de menos la letra impresa, negro sobre blanco, que se entremezclan, pero no por un problema de vista, sino de deseo. Y, sin embargo, me trajiste las gafas.

Te imagino en la farmacia: la farmacéutica explicándote la diferencia entre unas y otras; tú pensando en mí, en la forma de mi rostro, en las gafas que usaba cuando vivías conmigo. Seguro que te habrá venido a la cabeza alguna escena del pasado en la que me ponía las gafas de lectura y trataba de ayudarte con los deberes o leía contigo un texto de la escuela para buscar la respuesta; te imagino en la farmacia riéndote de ese recuerdo, de ti diciendo, ¿te acuerdas?, de ti diciendo: «Con *esos* gafas pareces una abuelita». Y yo: «*Esas* gafas, Benjamim, no *esos* gafas; es femenino, no masculino». Seguro que habrás sonreído al recordar cómo te mostraba en el diccionario la palabra *gafas* y habrás acabado por olvidar la forma de las gafas que llevaba puestas aquella tarde en que no te oí decir que finalmente habías descubierto a tu abuela, que tu abuela era yo, y que había algo gracioso en ese descubrimiento; lo que te oí decir fue que me estaba haciendo vieja y, por si fuera poco, en mal portugués, y junto a ese gracioso y triste recuerdo que te habrá venido raudo a la memoria habrás visto la imagen de las gafas que lucía y has acabado comprando dos modelos. A esa dulzura me refiero. Hiciste bien en crecer y casarte lejos de aquí; seguro que tu hijo será una persona buena y generosa, sabrá cuidar de ti cuando llegues a viejo. Si quieres mi opinión, quédate en Río, deja que Antonio crezca lejos de todo este embrollo que he montado.

Eso fue lo que pensé tras la muerte de Teodoro. Pensé que, si tu padre se hubiera quedado en Cipó, tal vez hoy seguiría vivo y feliz. Sé que allí las cosas han cambiado mucho y que nunca ha existido un lugar idílico en este planeta, pero creo que, aun así, allí sigue existiendo un espacio más natural para los loquitos, para los chaladitos y los zumbados. ¿Por qué será que en los lugares donde los roles están más definidos, justamente ahí, las anomalías parecen menos amenazadoras? No lo entiendo bien, o quizá sí llegué a hacerlo alguna vez, tengo cabeza de chorlito; sólo me interesan las historias: las explicaciones se van volviendo inverosímiles y demasiado aburridas. Una vez leí un artículo sobre una investigación que explicaba la tendencia a la diversidad en la naturaleza, específicamente en las flores tropicales. En un área limitada se ha formado un ciclo entre los árboles más raros y los más comunes. Cuando un tipo de árbol se vuelve muy abundante, varios de sus individuos empiezan a morir y la especie escasea. A su vez, la especie escasa, después de un tiempo, empieza a proliferar y se hace común. Los científicos creen que tiene que ver con la distancia de los parientes. Cuando uno tiene a su alrededor demasiados familiares consumiendo los mismos nutrientes, con las mismas necesidades de luz y agua, sensibles a los mismos tipos de plagas, la especie tiende a menguar. Cuando eres el único ejemplar de tu especie en un espacio determinado, tienes tendencia a crecer más fuerte y reproducirte mejor. O sea, para vivir mucho y bien, hay que vivir lejos de la familia. Volverse escaso.

El problema con Teo, lo que lo condujo a la muerte, fue la combinación de dos factores. Estar loco en un lugar donde la locura no se tolera y hallarse demasiado cerca de los parientes. Pensándolo bien, los dos factores son en realidad uno solo. Son los familiares los que no soportan la locura. O quizá sea el loco quien no soporta su condición al lado de los parientes. Otra posibilidad es que todas las familias necesitan que alguien haga el papel de loco. Tras la muerte de Xavier, fue Teo quien quedó a cargo de desempeñarlo, sólo que no supo hacerlo con la misma elegancia de su padre, que siempre sacó provecho del personaje en su profesión, en la familia y en las camas en las que se metía.

Parece que la sangre germánica de los Kremz se saltó una generación para resurgir de un modo más esencial en Leonor y Teodoro. Esa cosa de llevar cualquier asunto a sangre y fuego, de no andarse con medias tintas. Leonor, por ser mujer, consiguió dosificar mejor sus pasiones, no así tu padre. Pienso que todo lo que sucedió después, aquí en São Paulo, no fue el fruto del delirio de ninguna sífilis. Creo que Teo nunca consiguió curarse; tenía dolores de cabeza constantes. La sífilis se pasa de una persona a otra mediante el contacto íntimo, al igual que la locura, y temí por mí y por mi familia.

Toda esa suciedad en mi pequeño apartamento, las miradas de los vecinos, mi conciencia. Tú y yo nunca hablamos de eso, no sé qué llegaste a percibir de mi relación con la locura de tu padre. Recuerdo la primera vez que entré en vuestro cuarto, donde todavía pretendía instalar mi mesa de trabajo, pero en cuanto abrí la puerta me di cuenta de que eso sería imposible con toda aquella porquería tirada por el suelo. Antes que el horror por ver confirmada la locura de Teo, el sentimiento que me invadió fue de injusticia y rebeldía. Ya había criado a mis hijos, acompañado a mi marido en su agonía, apenas lograba organizar mi propio espacio, pequeño, cierto, más pequeño que cualquier expectativa que hubiera tenido en mi juventud, pero era mío, se ajustaba a mi salario, reflejaba mi trabajo y mi necesidad tanto de soledad como de convivencia, y entonces, justo en aquel momento, la mugre de todas las calles de la ciudad y del planeta estaba desparramada por toda mi casa y echaba a perder mi espacio, construido con tanto esfuerzo.

Abrí la puerta y miré con ojos microscópicos cada pedacito de aquel caos. Mondas de naranja, colillas, trozos de metal y plástico, restos de aparatos electrónicos y de muebles, fragmentos de vidrio, cáscaras de pistacho y de maní, cuerdas, brazos, cabezas y piernas de muñecas, latas oxidadas, cajas y embalajes vacíos de todo tipo y tamaño, cabos de vela, clips, gomas viejas, lamparones de varias formas, recortes de fotografías y palabras de diarios y revistas, fotografías antiguas de todos los hermanos pequeños, de mi boda, Xavier y yo de jóvenes, retales, hilos, servilletas de papel con sangre, escupitajos y vaya a saber qué más cosas que Teodoro acumulaba de un modo muy parecido a como armaba sus ciudades cuando era niño. Mis libros se fueron acumulando en el suelo, y las estanterías se convirtieron en almacenamiento para cajas en las que Teo separaba meticulosamente sus existencias de desechos urbanos y humanos. En un cuaderno inmundo anotaba la contabilidad de los trastos y hacía tablas delirantes de gastos e ingresos, estadísticas y, en otro cuaderno igualmente asqueroso, desarrollaba su proyecto.

Decía que aquí, en São Paulo, nadie trabajaba, sólo se hacían proyectos. Y él no iba a ser la excepción. Además del cuarto, lleno de desperdicios, una costra de mugre pegajosa se le iba formando en todo el cuerpo. En la cocina fabricaba un engrudo de harina para pegar todo su disparate; tenía pegotes de ese pegamento en los brazos, el rostro y el pelo, aparte de la suciedad de la calle, del sudor y de su saliva, que se le salía de la boca en medio de unos movimientos nerviosos de los que ya no tenía control. Sí, ya sé que lo acompañaste en todo aquel trance, pero necesito decirlo, necesito recordar y saber.

Verás, Benjamim: para poder seguir adelante con mi vida he optado por olvidarme de tantas, de tantas y tantas y tantas cosas… De otras muchas preferí ni enterarme. Ahora ya no tengo adónde ir, ya no hay más futuro y todas las cosas que olvidé o que no supe acuden a mi pensamiento. Estoy como tu padre. Cada vez pienso más en él y en su crisis. Necesito vomitar y escupir días y días, y aun así no termino de expulsarlo todo, y duele y huele mal, huele por dentro. Un olor interior igual al que sentía cuando tenía la regla, no un olor a sangre, era otra cosa, un olor a cosa que no nació y que no nacerá pero que existe, la muerte de lo que nunca llegó a ser. Yo echaba perfume; tu padre apestaba. Pienso que es la misma cosa, olores fuertes y externos.

Más adelante Teo empezó a desaparecer; pasaba noches y noches sin volver a casa. Tú te ponías muy triste; te recuerdo de madrugada caminando despacito por todo el apartamento. Yo tampoco podía dormir, pero tenía mis recelos para ir a buscarte y tener que hablar de Teodoro. ¿Qué podía decirle yo a un niño de once o doce años? Eras un niñito, mucho más infantil que los críos de tu edad en la ciudad, un chavalito alegre, sin malicia, abierto al mundo. Tardaste apenas unos meses en madurar y volverte reservado. Cuando hablaba de tu padre con Leonor o Henrique, tú te alejabas, te encerrabas en tu cuarto, lleno de basura y de libros de tu abuela, y te ibas a estudiar, eso es lo que nos decías. Probamos con el psicoanálisis, con medicamentos. Teodoro aceptaba a veces, luego desistía y era peligroso darle la medicación de esa manera. Conversar con él era imposible: empezaba a hablarme de tal o cual proyecto con palabras sensatas, argumentos sólidos, frases bien construidas, pero era puro vacío. Nada sustentado en la realidad, un pozo seco que te succionaba, porque su lenguaje parecía más afilado que nunca. Su capacidad de síntesis, su profundidad, sus ironías, su originalidad, sus citas, su fluidez, todo ello era mejor, incluso bello.

Tu padre establecía relaciones entre la materia de la que está hecha una uña y la de un árbol del que se extrae papel, el proceso de formación del elemento químico de la plata que fijó la imagen de la persona dueña de la uña en el papel hecho de la corteza del árbol en presencia de la luz del sol y del observador que tomó la foto. Todo eso lo conectaba, de una manera que ya no recuerdo, con el habla de los mendigos de la ciudad, y relacionaba ese argot con las noticias de los periódicos, radios y televisiones. Finalmente, a través del habla de los mendigos, al ser una síntesis aleatoria de las noticias diarias, se podían prever hechos futuros. Todo eso tenía que ver con que los mendigos anduvieran descalzos y, por tanto, no había interrupción del flujo de energía entre la luz del sol y la tierra. Esa continuidad de la capacidad de transmisión de una energía esencial y organizadora de la vida humana y, sobre todo, del ojo humano, sumada al hecho de que los mendigos se abandonaban al flujo más superficial e inmediato de la metrópolis les permitiría predecir el futuro. Del mismo modo en que una persona que vive en el campo es capaz de pronosticar la proximidad de la lluvia o de un terremoto, un mendigo, al pisar en el asfalto, que propaga la información de una manera más veloz que la tierra, podría presagiar acontecimientos tales como accidentes de tráfico, el discurso de un político, el resultado de unas elecciones o un asesinato.

¿De qué más me acuerdo? Un sinfín de cosas se me vienen a la cabeza sobre las conversaciones que tuve con tu padre en aquella época, sobre las cosas que le oí decir, sus monólogos interminables. Preciosos como él mismo, hasta el final. Sé que Haroldo tiene otra opinión. Ése es uno de sus defectos. Haroldo no tiene ojos: los perdió hace mucho. Fíjate en cómo cuenta el pasado, las imágenes que recuerda, llenas de detalles, cuentos que te envuelven porque él sigue ahí, totalmente metido en su relato; otras veces esa sensibilidad se transforma en discursos didácticos, en defensa de un determinado orden del mundo. Quien queda fuera de ese orden aparece deforme, feo. En su mirada la delicadeza sólo aparece en los momentos en que la defensa permanente de sí mismo y de su mundo queda suspendida temporalmente: ahí consigue mirar lo que tiene delante, siente miedo, se maravilla, se enoja, siente la piel del otro. Haroldo es uno de los hombres más inteligentes que he conocido en mi vida, pero es muy conservador; nunca consiguió entender mi mundo con Xavier, nuestro matrimonio, mucho menos creyó en nuestra alegría. Únicamente veía locura y debilidad. Por otro lado, se sentía atraído por nuestra luz. Nunca fue capaz de comprender a Teodoro, la belleza de un joven delirante, la belleza no del delirio, que solamente es bonita en las novelas, sino la belleza del joven Teodoro, con sus ojos brillantes, el pelo negro y ondulado, el cuerpo delgado y su manera de andar y de mover las manos como un gato vagabundo y flacucho, su boca ya medio morada, fina y bien delineada. Haroldo sólo conseguía ver la locura y con eso me hacía mucho daño.

Ayer soñé con Teodoro. Soñé que lo que decía tenía sentido. No me acuerdo bien; era un sueño de sensaciones y formas. Una bola incandescente y perfecta flotaba en el espacio y era absorbida por otra más grande y menos caliente y así sucesivamente. Dentro de la bola, el movimiento era violento, amenazador, pero al acercarse a la superficie era armonioso y constante, como la respiración de un bebé dormido.

Tu padre creía que es posible descodificar los elementos que componen el alma humana, y para eso sería necesario dar con un concepto que definiera aquello que él llamaba *alma del planeta*. Esa alma estaría presente también en las relaciones entre los hombres y en todas las relaciones químicas existentes por encima y por debajo de la corteza terrestre. Decía que el arte, sobre todo la música, tiene la capacidad de poner a los hombres en contacto con su propia alma, con el alma de la humanidad y del planeta y del universo, que al final son una sola alma. El arte sería un movimiento, y no una cosa, un movimiento de reunificación y reconocimiento para quienes fueran capaces de ver, oír, sentir y formar parte de ese movimiento, para quienes experimentan el arte ya sea creándolo o recreándolo en el acto de ver, de oír o de leer lo ya creado. Por eso, decía Teodoro, no tiene cabida hablar de artistas a los que no se les ha hecho justicia o les falta reconocimiento. Un artista sólo es un artista cuando es reconocido. Lo que lo convierte en artista no es su arte, sino el reconocimiento de su arte, pues sólo entonces sus creaciones generan movimiento.

No sé si Teo habló contigo sobre sus teorías ni si te acuerdas. Cuando regresaba de sus andanzas, con las plantas de los pies que parecían cascos de caballo, Teodoro se encerraba en su habitación para catalogar lo que había recogido y organizar mejor los datos y sus conclusiones en dos cuadernos que se caían a pedazos. ¿Vosotros conversabais? Recuerdo no poder dormir, ir a buscar un vaso de agua en la cocina y encontrarte a ti durmiendo en el sofá del salón, frente a la televisión sin sonido, la luz de tu cuarto encendida, probablemente con tu padre garrapateando sus alucinaciones. Sí, cierto, Teo hablaba en voz alta mientras escribía, ya no me acordaba. Decía palabras sueltas, eso era; de repente se hacía un lío y se quedaba repitiendo la última palabra en distintos tonos y ritmos hasta que conseguía retomar el flujo de la escritura. No sé cómo se me había olvidado. Hablando contigo me parece que lo oigo de nuevo. A veces escribía tan rápido que las palabras se transforman en el sonido de un instrumento de viento. Realmente debía de ser imposible dormir en el mismo dormitorio que él.

Recuerdo nuestras conversaciones sobre lo que necesitábamos para la casa, la lista que pegábamos en la puerta de la nevera, la división de tareas y cómo, al despertar, el sofá ya estaba todo recogido, la ropa de cama guardada y tú, por las tardes, pasando el plumero por los muebles cubiertos del polvo que se iba acumulando día tras día, mientras la voz de tu padre resonaba en el cuarto. Me había acostumbrado a comer fuera o a comprar comida precocinada, casi siempre pasta, pero con vuestra llegada tuve que retomar la cocina. El día en que decidí prepararte un bistec te pusiste tan contento que casi me hiciste llorar. No me había dado cuenta de que eras un adolescente, y ya se sabe cómo es el apetito de los adolescentes. Pensé en pedir una licencia en la facultad para dedicarme más a vosotros dos. No era posible, la enfermedad de Xavier había arruinado nuestra economía, incluso tras la venta de la casa y, para ser sincera, no habría aguantado convivir las veinticuatro horas con la locura de Teodoro. Necesitaba esos momentos de cordura en mi día a día.

Es cierto que te quedaste un tiempo en casa de Leonor, pero no mucho; luego ella se mudó a París con su marido y sus hijos para seguir con sus estudios. Llegamos a barajar la posibilidad de que te fueras con ellos, que te quedaras al menos seis meses lejos del barullo y, de paso, me dieras un respiro. Pero no alcanzamos siquiera a comentarlo contigo, que por entonces estabas más apegado a tu padre que nunca. Los días que Teo se quedaba en casa, tú no salías aunque no pudieras hacer nada; supongo que debías de sentir que tu sola compañía bastaba para darle a tu padre algo de sosiego.

Pensé que quizá alejándose de mí y de sus hermanos Teodoro podría sentirse obligado a comportarse de una manera algo más civilizada. En la época en que te fuiste de vacaciones con Leonor y tus primos, Raul se ofreció a hospedar a Teodoro en su casa. Allí por lo menos se bañaba, guardaba la basura en una maleta con varios compartimentos que él mismo construyó y pintó del mismo modo caprichoso en que fabricaba sus monstruos de plástico en la infancia; allí al menos intentaba tener conversaciones normales con la gente. La verdad es que seguía babeando y con sus extravíos. Mientras Teodoro estuvo en casa de Raul y tú de viaje con Leonor, logré dormir seis horas seguidas, sin el fantasma del insomnio.

Todo ese barullo hizo que terminar mis memorias, mi *autobiografía intelectual* para el concurso en la universidad, fuera una experiencia completamente diferente de la que había previsto al inicio. Debía analizar mi trayectoria académica y comentar cada uno de mis trabajos con el objetivo de defender mi camino y ganarme el derecho a la plaza de profesora titular. Eso fue en julio de 1991. La mujer de Raul estaba embarazada de su primer hijo y se había marchado temporalmente con sus padres; por eso Teodoro pudo quedarse allí. La tempestad amainó. El proyecto de Teodoro continuó esparcido por el suelo de mi despacho y por parte de las estanterías, pero, como había dejado de expandirse, conseguí abrirme camino entre la puerta y mi escritorio.

No sé quién era el palestino y quién el judío en esta historia. La idea de que un hijo siempre tendrá un derecho natural a un pedazo de su tierra materna hacía de él un sionista, y de mí, una palestina invadida. No exactamente de mí, pero sí de mi trabajo. Mi trabajo estaba ocupando el lugar que se supone que debía permanecer eternamente reservado a los hijos y, más adelante, a los nietos y los bisnietos. Está claro que ser madre siempre fue mi mayor prioridad, por encima de cualquier actividad en mi vida, aunque sólo fuera porque no tuve otra opción. Por otro lado, sin mi trabajo me habría convertido en una madre loca, saturnina, habría devorado a todos y cada uno de mis cuatro hijos, los habría criado para ser hijos eternos, pues en el momento en que dejaran de serlo yo no tendría más motivos para vivir. Sin mi trabajo ellos no habrían tomado las decisiones que tomaron y ese apartamento mío, por el que ahora se pelean, tampoco existiría. Durante muchos semestres di menos cursos de los que me habría gustado, sólo para acompañar a mis hijos, y mi escritura siempre fue más fragmentada y lenta que la de mis colegas hombres. Dándole vueltas al asunto, yo era la judía que buscaba reencontrar mi situación original, en la que los planes de futuro estaban claros y se ajustaban a las expectativas de una persona inteligente, capaz y con buena formación, la situación que vislumbré antes del nacimiento de los niños y que creía haber reconquistado cuando Leonor se casó y finalmente se fue del nido, cuando la casa pasó a ser mía y sólo mía. La locura de Teodoro me carcomía y me desorganizaba en varios frentes y no encontré otra manera de defenderme que atacándolo.

Bañarse, comer con la boca cerrada, madrugar, entrar a la facultad o conseguir un trabajo, guiarte en tus deberes escolares, asistir a las reuniones de padres, matricularte en algún deporte o en inglés, sonreír y enseñarte a mirar a los ojos cuando saludas, cortarse las uñas, tomar los medicamentos a la hora indicada, tener autonomía, no darme tormento. Así fue apenas salió del hospital, tras el tratamiento. Evidentemente, nada salió como esperaba y tuve que resignarme a que sus delirios no tenían nada que ver con la malaria ni la sífilis: eran teatro, pereza o una opción de vida. Locura, en definitiva. Y no supe cómo lidiar con eso.

La primera vez que desapareció llamé a algunos de sus viejos amigos, pero nadie tenía ninguna pista. No sabía si llamar a la policía, a los hospitales. Teo ya tenía treinta años: lo de andar persiguiéndolo por la ciudad era extraño. Mi sensor interno de la realidad estaba roto, ya no sabía qué mecanismos debía activar para tratar con Teodoro. ¿Era un hombre o un bebé? ¿Tenía que amamantarlo o echarlo a la fuerza de mi casa? ¿Hasta dónde llegaba su capacidad o su incapacidad? Al principio Leonor creía que mi deber era darle de comer, cuidarlo como a un niño, llenar la bañera con agua tibia y restregarle la mugre con firmeza y cariño. Pero en el apartamento no había bañera, la casa grande ya no existía, mis pechos ya no daban leche. Henrique, en cambio, opinaba que debía ponerme más severa, establecer unos límites precisos, poner las cartas sobre la mesa: si quieres vivir aquí, tienes que acatar mis reglas, mis horarios; hay unos procedimientos que seguir.

Teodoro no reaccionaba a ningún método; la comida nunca era de su agrado y sus horarios eran completamente aleatorios, no se bañaba, dormía en la calle con los mendigos hasta dos o tres noches seguidas. Si yo no lo aceptaba en casa, no había problema: él seguiría en la calle. Yo tenía que estudiar, escribir, dar clases, tenía que cuidar de ti y de Teodoro, pero nada me salía bien. Teodoro se desvanecía, tú guardabas silencio y mi autobiografía intelectual se iba al garete.

Cuando te fuiste de viaje con Leonor y estando Teodoro instalado en casa de Raul, me sentí en el paraíso. No se me ocurrió una mejor solución, pero necesitaba una, la que fuera. Me encerré en casa a escribir el día entero. En veinte días redacté más de trescientas páginas. Casi todo basura. Igual que la que se acumulaba alrededor del escritorio. Colillas, restos de comida, trozos de pizza fría, jarras de café, más colillas, bolas de papel, libros abiertos, anotados, subrayados, fichas de colores, latas de Coca-Cola aplastadas, cajas de aspirina, botellas de agua vacías, medio litro de aguardiente que al final bebía directamente a morro. Mi basura se mezcló con la de Teodoro y acabó invadiendo el resto del apartamento. Montañas de platos sucios en el fregadero, bolsas de basura que no tenía tiempo ni de sacar. Le di un mes de vacaciones a la señora de la limpieza y desconecté el teléfono: no quería ninguna interrupción, sólo estaríamos mi trabajo y yo.

Durante ese mes desatendería mi cuerpo: ni me bañaría, ni me cepillaría los dientes, ni me peinaría, nada. Toda la energía la volcaría en escribir, escribir y escribir. A duras penas si pensaba; las palabras llegaban por otro camino. El ruido externo, la música y chasquear la lengua servían para atajar el pensamiento y dejar a la inteligencia a merced de mis manos, que conocían el buen camino. En algún lugar de mi cuerpo había un conocimiento construido y almacenado en las últimas décadas; sólo tenía que evitar que el flujo entre ese almacén de conocimiento y mis manos se viera obstaculizado e interrumpido. Entré en trance y comprendí lo que los escritores quieren decir cuando hablan de que no controlan su obra. El trance no viene de afuera, el trance no alimenta la escritura: es un ruido que bloquea la cualidad social y responsable del pensamiento, y convoca otra para actuar. Se me calentaba la cara y al final de alguna página que juzgaba especialmente brillante gemía de gozo, rugía de placer. Ponía la música a todo volumen y bailaba sola en el apartamento. Cuando terminaba mi jornada laboral, generalmente al amanecer, tenía calambres en las manos y dolores de cabeza insoportables. El estómago empezaba a manifestar su existencia. Hora de dormir, hora de echar un trago.

Lo que me sacó de aquel trance que casi se había convertido en locura, que iba construyendo una obra floja a costa de mi cuerpo y de mi casa, lo que me sacó de mí y de mi placer patológico y me arrojó de vuelta al flujo razonable entre la vida y la obra, así como a un placer más puro, sincero y elevado, fueron mis partes bajas. La evacuación y el sexo. Un baño atascado y el deseo de estar con un hombre.

Ríete, Benjamim, no te aguantes; seguro creerás que te lo dice una vieja senil, pero no es así. Nunca le he contado esto a nadie, no me gusta hablar de sexo. En este país todo está tan sexualizado, tanto culo y tetas, un puterío por todas partes. Siempre fui pudorosa. Me sonrojo, ¿te haces una idea de qué quiero decir? ¿Todavía existe eso? Antiguamente las jovencitas se sonrojaban cuando la conversación se acercaba a cualquier aspecto carnal de la vida. Era como si entonces nadie fuera al baño. El sexo no era un tema que se tratara en ningún almuerzo o cena familiar. En fin, yo seguí ruborizándome. En casa era Xavier quien rompía el hielo; allí hablábamos de todo y el cuerpo humano fue siempre un asunto fascinante para él. Cuando el tema se desviaba en esa dirección y empezaban las carcajadas, me retiraba de la mesa, iba a preparar el postre, a ayudar a Graça con el café. El sexo es un asunto importante, no, no es un asunto, es una cosa importante, algo luminoso y sublime. ¿Por qué ese afán de hacerlo todo público, ese manoseo de las palabras, con la libido en la saliva y en los oídos de una mesa familiar? ¿Será que no entienden que las palabras son cosas sólidas, y no sólo canales, barcos, cajas? La gente suele pensar que las palabras llevan significados, imágenes, historias de aquí para allá, de allá para acá. ¿Acaso no ven que las palabras son puñales, manos, corazones? Nunca me gustó hablar de sexo, oír hablar de sexo, ver sexo: preferí siempre tener relaciones sexuales.

Me gustaba hacerlo con Xavier. Él conocía todos mis rincones y le gustaba hacerme feliz. Tras su enfermedad y su muerte estaba tan agotada que mi cuerpo ni me lo pedía. Un año o dos años después volvió el deseo y no sabía qué hacer con él. Xavier fue mi primer novio y yo ya me había olvidado de cómo hacerlo, de cómo actuar. Con más de cincuenta años, naturalmente ya no era deseable; tuve que hacer un esfuerzo, algo que me avergonzaba y hasta me ofendía. Tuve mis aventuras, no estuvieron mal, pero poco más. A decir verdad, no estaba mal, pero también era raro. Raro estar con una persona sólo en un canal para dejar de estar ahí de inmediato. Ser una cosa ajena a la rutina del día, como comer fuera. Pero esas pocas cosas que sucedieron fueron suficientes para reactivar un deseo que ya no tenía sosiego. Fue entonces cuando apareció Haroldo y pasamos juntos un período muy placentero. Ahí lo raro fue lo contrario, es decir, que él quisiera inmiscuirse en mis días.

Yo ya había tenido mi dosis necesaria de vida matrimonial con Xavier, ya no necesitaba eso. Cuando vosotros llegasteis a São Paulo, unos cuatro meses antes de ese julio de locura, me di cuenta de que definitivamente ya no quería a ningún hombre a mi lado, dándome disgustos, metiéndose en mi vida. Demasiado ruido. Si tenía que cuidar de mis hijos, lo haría. ¿El trabajo? Todo bien. ¿La casa? Fenomenal. Pero ¿encima tener que aguantar a un novio? No, eso ya habría sido el colmo. Haroldo me decía que debía aprender a tener más tiempo para mí misma, a no aceptar quedarme siempre con mis nietos cuando me lo pedían mis hijos o a salir corriendo a ayudarlos cuando tenían una emergencia, o a andar aceptando tantas tutorías de tesis y encima participar en todas las reuniones del departamento y matarme para preparar una clase idéntica a la que había dado en años anteriores, que si esto y aquello. Yo me reía. Me reía porque en última instancia ese tiempo para mí misma era en realidad tiempo para estar con él, para escuchar sus asuntos, ir al cine cuando yo no tenía ganas sólo porque habíamos quedado con amigos, ayudarlo a comprarse ropa, hacer un maravilloso viaje en vacaciones cuando tenía tantas otras cosas importantes por hacer, incluso dormir, leer, pensar, no hacer nada. Era imposible holgazanear, quedarse en casa leyendo un libro o viendo un programa idiota en la televisión estando junto a un hombre tan activo y organizado como él. Yo necesito de mis momentos de abulia cotidiana, pensar en la maternidad de las gallinas, quedarme horas con ojos de pez muerto. Es mi manera de guardar el equilibro de mi organismo, mezclar la actividad continua con momentos de hibernación, novelas y crucigramas, por ejemplo. Con Xavier me costaba hacer todo eso, pero con Haroldo me salió aún peor. La cosa ya iba mal cuando decidí rescataros a vosotros en Minas. Tuvimos una discusión más seria; nos pareció que lo mejor sería que cada uno se fuera por su lado y ahí acabó todo. Ni lo pensé. Desde vuestra llegada, desde quc la locura de Teodoro invadió mi vida, no tuve tiempo de añorar nada.

Aislada de todo durante mi mes dionisíaco, narcisista y onanista de escribir, bailar, beber, escribir y escribir, basura y más basura por todos los rincones, en medio de todo eso, se me atascó la cañería del baño. Eso fue mi salvación. Había que hacer algo y lo hice, pero no funcionó. Me pasé dos días usando el lavabo, cosa que no podía durar mucho. Era una señal de lo más alarmante de la degradación en la que me estaba dejando caer. Empezó a oler mal. Lo normal habría sido llamar al fontanero, pero para eso necesitaba ordenar el apartamento y ordenarme a mí misma. Nadie recibe en casa a una persona, ni siquiera a un fontanero, de esa manera. Tocaba cambiarse la bata sucia, bañarse, hacer la cama, lavar los platos, abrir las ventanas.

En el baño, lejía y desinfectante; en la cocina, antigrasa y jabón; aspiradora y abrillantador para los dormitorios y el salón. Sacudí las almohadas y los cojines, puse a ventilar las malolientes sábanas, que tomaran viento fresco antes de volver a ponerlas en los colchones. Limpié los colchones con un cepillo empapado en alcohol. La ropa sucia, a la lavadora. Me dio vergüenza no haber hecho eso a diario no porque se notara mucho en la casa, sino en mi cabeza. Trabajar con las manos, distraída, habría sido una forma de meditación, una pausa para que las ideas se reubicaran de modo que lo bueno permaneciera a flote y lo malo se hundiera, arrastrado por el viento de las ventanas abiertas y por la voz de mi canto. Habría funcionado una limpieza así, muchas limpiezas como ésa, en los días solitarios y felices, aunque sólo fuera para descansar la cabeza, limpiar murmurando o cantando en voz alta sambas antiguas, *barracão de zinco, ave-maria no morro*, sambas sobre los pobres como figuras del lenguaje, como los vagabundos estadounidenses o los bobos irlandeses, la miseria humana primordial y universal, todos nosotros y nuestra soledad, mi hijo loco, mi nieto desamparado, todos, todos nosotros.

El acuerdo al que había llegado con tu padre era dejar intacta su ciudad de basura y apenas abrir las rutas necesarias para facilitar mi desplazamiento. En mi afán de ordenar y limpiar y secar y guardar, tiré toda nuestra basura, lo que me produjo un alivio inmenso. Me corté las uñas, me lavé el pelo, me pasé la piedra pómez por la planta de los pies y el estropajo por las rodillas y los codos, sacándome la piel vieja y muerta, me masajeé el cuerpo con cremas y me puse perfume en el cuello, detrás de las orejas y en las muñecas.

Ventanas abiertas, sol, viento y así, bien perfumadita, llamé al fontanero, que vino de inmediato. Un chico guapo y alegre. Nos pusimos a conversar mientras trabajaba; él hacía bromas y yo también. El agua hervía, el olor del buen café impregnaba toda la casa. Estaba exhausta. Los últimos veinte días me había alimentado mal, no había pegado ojo, había hecho un esfuerzo tremendo en la limpieza de la casa, me dolían los brazos, pero tenía el alma liviana y la cabeza medio atontada. Me encantó poder conversar otra vez con alguien, ver el cuerpo de un hombre trabajando; me reía de las payasadas que él decía y aportaba las mías. Él iba desatornillando tubos con la llave inglesa, introduciendo hierros en los agujeros y lubricando los canales, restableciendo el flujo; el agua corría nuevamente y él no paraba de decir tonterías. Y así, una vez que hubo terminado con su trabajo y después del cafecito, la cosa sucedió. Perdón que lo diga, pero, madre mía, estuvo muy bien. Me trató con gentileza, cobró caro y le pagué feliz. Se marchó. Dormí horas y horas seguidas, dormí el sueño de los justos, que es como me sentí entonces; no tenía dudas: una mujer justa.

Me desperté muerta de hambre, con la idea de que podría empezar todo de nuevo, empezar por el comienzo y por el buen camino. Comprendí que había actuado toda mi vida como un rey, un rey chino del I-Ching que no convida ni adula a nadie; todos llegan a él por voluntad propia. La dependencia de quienes se unen a él es voluntaria. Nadie debe ser reprimido, todos pueden expresar sus opiniones abiertamente. Las medidas policiales son innecesarias; todos, por libre iniciativa, se muestran devotos del monarca. Ese principio de libertad fue válido para mi vida en general. No imploré el amor de mis hijos ni de ningún hombre, nunca admití otra lengua que no fuera el portugués bien hablado; el rey es solícito con aquellos que acuden a él, les da abrigo, los protege y ayuda a quienes hablan el idioma de la corte. La locura nunca fue el idioma de la corte, ni el llanto, ni los gritos, con excepción del llanto y los berridos de los bebés. Eso ya era un desastre, primordialmente un desastre. Yo no podía ligar con nadie, no podía agarrar a mi hijo loco y sucio para cubrirlo de besos, no podía pagar por sexo. No podía porque un rey no debe implorar el favor de las personas.

A partir de entonces sería diferente. La casa y yo estábamos limpias. Hijo, madre, trabajo, casa y cuerpo, todo una misma cosa. Dividiríamos el tiempo en horas; la casa, en habitaciones; el día, en obligaciones, lo cual no dejaba de ser una abstracción, pues en realidad todo es una unidad y, si alguien está enfermo, todos están enfermos; somos siempre una unidad y eso no impide a la gente salir adelante, trabajar, amar y cuidar. Si el retrete se atasca, el mundo se detiene; no hay mucho más que añadir. Si Teodoro y tú me necesitabais, de nada valdría empujar a los demás y creer que así me abriría paso en el trabajo; las cosas no funcionan así. Decidí llamar a Raul, saber cómo andaban las cosas.

Y las cosas iban muy mal. Raul estaba enojado. Había intentado llamarme; no sabía qué hacer. Carmem había vuelto de las vacaciones y ya no aguantaba el desorden de Teodoro. El bebé estaba a punto de nacer y Teodoro continuaba con sus escapadas y sus reapariciones, en las que volvía disfrazado de uno de esos mendigos que nada piden pero necesitan de todo: baño, comida, afecto. ¡Ya basta! ¡Ya basta, Isabel! ¡Ya no doy abasto!

Estaba enfadado, enfadado conmigo y también consigo mismo. Furioso. Creyó que podría hacerse cargo de su amigo; Carmem sabía cuál era la solución: era sólo una cuestión de espacio, de crear un ambiente sin presiones ni juicios innecesarios. Pero Teodoro no tardó en transformarlo todo y el ambiente asumió el rostro de su locura, la casa enloqueció. Carmem lloraba encerrada en el dormitorio, se cubría la cabeza con una almohada; Teodoro desaparecía, volvía devastado, silencioso. Ya no escuchaba música, no tocaba, no hablaba, no traía basura a la casa, estaba casi mudo. Y eso es todavía peor, Isabel, ya no sé qué hacer, me decía Raul desahogándose, un torrente de resentimiento y frustración. Me tocó ir a buscar a Teodoro en aquel mismo momento.

Estaba sentado en el sofá como un niño avergonzado, rígido. Raul me invitó a tomar un café. Carmem no vino a saludar. Teo quería irse inmediatamente de allí. Volvimos a casa sin decir una palabra. Saqué mis cosas de trabajo de su habitación, improvisé mi escritorio en el salón, tiré a la basura la colchoneta donde tú dormías, compré otra cama, dejé que el cuarto fuera un cuarto. Ya era tarde. Después de dos días pegado a la televisión, Teodoro tuvo una crisis y me vi obligada a internarlo. Cuando volviste de las vacaciones, tu padre ya estaba en la clínica y los pedazos de vidrio en la basura; te encontraste unos ventanales nuevos y un apartamento sin televisión.

Estoy cansada, Benjamim. No, no tengo dolores; ya no es tanto la enfermedad, sino quizá lo que ésta me ha arrebatado, no sé; pero siento un cansancio ligero, no angustioso. Un cansancio extraño. Después de las lluvias tu padre llegó también agotado. Llegó de la favela adonde se había ido a vivir. Logré que un amigo suyo, compadeciéndose de mí, me trajera a Teo, empapado y enfermo, después de las inundaciones. Fuimos derechos al hospital porque tu padre estaba ardiendo de fiebre. Tú te quedaste cautivado por aquel hombre, el último amigo de tu padre, el único testigo de su gesta final. Él sabía que Teo estaba agonizando y hablaba de él como si fuera una leyenda; al escucharlo, costaba reconocer en sus cuentos al Teo escuálido que se moría en la UCI. «Teodoro fue un gigante: salvó a niños y muebles de la inundación; en sus brazos cabía todo, el mundo entero. El agua era como un fuego, tenía el mismo peligro y la misma fuerza que el fuego, lenguas que entraban en las casas y derribaban cualquier cosa, pero él entraba y salía de las chabolas para salvar a mucha gente. Su rostro y su cuerpo, sucios de barro, eran peores que los de un bombero cubierto de hollín durante un incendio. Y, por si fuera poco, después de la inundación no descansó un segundo; trabajó día y noche para reconstruir las chabolas, día y noche trabajó y consiguió comida para los niños.» Tú le pedías que te contara más, que hiciera resurgir de aquel cuerpo ya prácticamente sin pulso a un hombre que tú te empeñabas en reconocer. Y él siguió contando: habló de los muebles que flotaban, de las paredes derrumbadas, de los techos que salían volando, de un niño pequeño que lloraba encima de una mesa convertida en bote. Después el tipo se marchó, me miraste y nos quedamos así, mirándonos, ¿te acuerdas, Benjamim? Comprendí que estabas conmigo; sabíamos que el Teo que había hecho todo aquello no era ni tu padre ni mi hijo. Aquel ímpetu de santidad les pertenecía a trescientos o trescientos cincuenta *teodoros*, pero ninguno de ellos era el nuestro. Nuestro Teodoro, escuálido y cansado, se estaba muriendo en la UCI.

Ya no quiero hablar más, Benjamim; hoy la pobre soy yo. Un perrito enfermo, un gato atropellado, un pajarito que se ha estrellado contra el cristal. Un pobre sucio. Las llagas abiertas huelen mal. Mi voz parece ya la de un sapo ronco. No me vengas a declarar ahora tu amor, no, no hagas eso, Benjamim, no es momento para eso. Tonterías. Será mejor que te vayas. Quiero dormir.

Tener un hijo es la cosa más radical que te sucederá en la vida. Ya puedes vivir mil años que nunca pasarás por una transformación tan absoluta como la que vas a experimentar ahora, cuando nazca tu hijo. No tienes ni idea. Hay un término para el estado civil de las personas, pero eso no significa nada comparado con ser o no ser padre. Debería existir una palabra para el concepto opuesto al de huérfano. Existen *soltero*, *casado*, *viudo*, *padre* y *madre*, y yo digo que debería existir uno para definir a quien no tiene hijos y otro para quien perdió a su hijo. No tengo coraje para ir a visitar a Isabel al hospital.

Tiene un hijo muerto. Es el mismo verbo en presente que Teodoro percibía con extrañeza cuando tu padre decía: «Tengo cinco hijos, pero uno se murió». Y he visto lo que le ha pasado a Isabel: su hijo muerto está presente, incluso envejece porque al final acompaña el envejecimiento de su madre y de sus hermanos. Y no es su muerte lo que está presente: es él mismo, su manera de hablar, de moverse, su postura en la mesa. Con un amigo difunto pasa lo mismo, por eso puedo imaginar cómo es con un hijo difunto. No quiero ni imaginarlo. Rafael ahora tiene quince años, y Estela, doce. No quiero ni imaginarlo.

Es cierto que se va desvaneciendo, que en la vida siguen ocurriendo muchas cosas en las que el fallecido ya no pinta nada: él ya no existía cuando mi hijo nació, cuando me torcí el pie, cuando hice otro viaje con Carmem. Teo ya no estaba aquí para recibir o no recibir mis postales. Es verdad: los muertos se desvanecen y su lugar lo van ocupando otras personas: serán otros amigos quienes recibirán mis postales o puede que deje de tener ganas de escribirlas, ya no lo necesito para ser consciente de mi ridiculez. Y, al mismo tiempo, él sigue aquí diciendo las mismas cosas, y ahí está la calle donde quedaba su casa, el edificio de la escuela, el museo, las películas que vimos juntos y que vuelvo a ver solo. Tú estás aquí, con su voz y sus ademanes. Isabel está en el hospital, agonizando. No tengo coraje para ir a visitarla.

Eché a tu padre de mi casa, ¿entiendes lo que quiere decir eso? Los quince o dieciséis años que han transcurrido desde entonces no consiguen revertir lo que ocurrió; la expulsión, eso sigue ahí, muy viva, y así será para los restos, como la muerte de Teo en aquella inundación. Ya no podré deshacer lo que hice, ya no podré no haber expulsado a Teo de mi casa cuando me necesitaba. La vida se recompone, por supuesto. Sé que es imposible tener un control absoluto del resultado de algo irreversible, sé que había un contexto y que yo no era el único en aquella escena, en aquel momento preciso, pero uno no tiene manera de no ser el protagonista de su propia vida. No digo que me portara mal, ni que habría podido hacer algo distinto, eso no lo sé, pues cada día crea una posibilidad diferente, una alternativa a lo que podría haber sido; sé que actué así pensando que tenía dos opciones y que una excluía a la otra: dar la batalla por Teodoro o por mi hijo, que estaba a punto de nacer. Decidí alejar a mi hijo de la destrucción y la locura de tu padre.

Hoy ya no sé si Teo era una amenaza real o si es que yo sólo estaba furioso, además de la histeria de Carmem, o peor, si me daba una pereza infinita ser testigo y guardián de la locura de tu padre, al igual que me da rabia y pereza la adolescencia de mi hijo Rafael, sus rebeldías pueriles, sus gritos, la música a todo volumen, su olor a hombre flotando por toda la casa, el egoísmo infinito, su mala educación al hablarle a Carmem y la manera en que ella lo acepta.

Ya verás cuando te llegue la hora: uno siente también algo de envidia, nostalgia y hasta cierto orgullo por la fuerza que demuestra ahora, una disputa territorial. Ya verás. Tú estabas a punto de llegar a esa fase y tu padre no quiso encararlo porque es de verdad muy complicado. Para él y para mí. Lo que sucedió que es que yo preferí lavarme las manos, no sólo es que no lo ayudara, es que lo puse de patitas en la calle. Y, tal como estaban las cosas aquellos días, si no hubiera echado a tu padre, me habría vuelto loco igual que él o habría intentado matarlo. Lo que por suerte no ocurrió.

Él ocupaba todo el espacio, quería charlar, no paraba de explicar teorías delirantes, quería mi opinión, mi compañía. Yo lo mandaba a bañarse; él se enfadaba, se encerraba en el cuarto que acondicioné para él y que acabaría siendo el del niño. Allí garrapateaba con su letra de loco o andaba de un lado para otro. Cuando no oía sus pasos ni su voz, me atormentaba todavía más.

Tu padre volvía de la calle con el rostro y los brazos llenos de marcas, con cardenales en el cuerpo. Seguro que se metía en peleas y le daban palizas, pero también creo que se automutilaba. Una noche ya no aguanté y fui a buscarlo; me lo encontré en una cuneta, complemente borracho. Había decidido no preocuparme más, no ir en su busca, pero su actitud de perrito sin dueño que vaga por los callejones no me dejaba dormir; empecé a salir a buscarlo, lo traía de vuelta, le quitaba su inmunda ropa, lo metía en la ducha fría y le gritaba que se enjabonara, que se lavara el pelo. Le gustaba que lo trataran así; se burlaba de mi desesperación. Parecíamos una pareja de maricones. Eso es lo que él quería, que alguien fuera su padre, su madre, su mujercita insoportable, esperándolo de madrugada con un rodillo de amasar en la mano, yendo a buscarlo por los callejones sucios de la ciudad.

Al comienzo eso me proporcionó cierta diversión, el placer de la omnipotencia: voy a curar a este imbécil aunque sea a porrazos, voy a traerlo de regreso a la vida. Compré unos ceniceros grandes y los puse por toda la casa para que al menos no anduviera escupiendo en el suelo ni poniéndose perdida la ropa con sus babas. Entre arrebato y arrebato había días de calma, no de alegría, pero sí una especie de un cansancio de maratonista después de un día de entrenamiento. En esos momentos, generalmente temprano en la noche, pedíamos una pizza y nos quedábamos charlando delante de la tele encendida sin sonido. Hablábamos de la adolescencia, de la infancia. Él tocaba la guitarra.

Recordábamos a Vanda contando historias, nosotros almorzando en la despensa, el pastel blanco encima de la nevera, las carreras en bicicleta, los paseos por las orillas del río Pinheiros o por la Casa de los Bandeirantes, los discursos de Isabel, el día en que Henrique se golpeó la rodilla, el chorro de sangre y ningún adulto en la casa; charlábamos sobre nuestra ciudad de juguete, el fútbol de mesa, los monstruos de plástico, la revista *Mad*, *Superagente 86* y *Hechizada*, *Bonanza* y *Batman*, sus historietas de dibujos perversos; sobre las chicas inaccesibles del colegio, el grupo Terço y el teatro en el sótano de la iglesia en la calle Cardeal Arcoverde, nuestros amigos tocando en la feria de Vila, las noches en los cafés de Bixiga y las madrugadas en las calles heladas de São Paulo. Hablábamos de las obras de Xavier, el garaje de la casa, su banda de rock folclórico y el enorme magnetófono, las composiciones de Flora y las eternas tetas al aire del teatro brasileño, las manifestaciones a las que Henrique acudía, repletas de chicas guapas. Charlábamos sobre nuestras jornadas de ocho horas de películas en el Festival de Cine del Museo de Arte de São Paulo, babeando delante de los filmes noruegos sin subtítulos; sobre nuestro descubrimiento de Cortázar y Dalton Trevisan; sobre nuestras ganas de divertirnos y ser diferentes sin saber adónde iríamos a parar, sobre el inminente viaje a Minas.

En aquellas noches, se apaciguaba aquel vagabundo sabio y tranquilo, el nómada ajeno a los esclavos felices y amaestrados y cobardes de la frívola alegría urbana. Se apaciguaba también el vaquero paleto que liaba su cigarro, cuidaba de su pequeñajo y daba de comer a las gallinas. Todos esos personajes míticos dormían muy profundo y al fin podíamos conversar, él y yo.

Nuestro pasado, lo que hicimos en nuestros años de adolescencia, eran cosas lindas que yo atesoraba con cariño y me gustaba pensar que la vitalidad de lo que habíamos vivido seguía dentro de mí. Para Teo no era igual, creo yo. Él atribuía un tono heroico a las series de la televisión, a Jorge Mautner, al cine en el museo, a Muhammad Ali; les confería grandeza, como si se tratara de una época de valentía, un tiempo que el mundo ya no volvería a producir, algo especial para la humanidad y de lo cual tuvimos la suerte de formar parte, algo que deberíamos retomar.

Ya no había desprecio ni negación. Nuestra infancia y nuestra adolescencia no habían sido un error en su vida. Él quería recuperar la frescura que se había quedado depositada allí, el frenesí, el sentimiento de que el tiempo es infinito, de que se tiene toda una vida por delante para poder equivocarse y sonreír, para dedicarse con obsesión a cosas inútiles sin ninguna responsabilidad ni ambición. Sin obligaciones de hijo ni de padre. Como si fuera sólo una cuestión de sintonía, de dar otra vez con una onda específica en el dial.

Tu padre me decía que ya eras un muchacho bien encaminado, fuerte, guapo, simpático, con su propio rumbo, que él ya no tenía nada más que ofrecerte y que no sería bueno para ti estar cerca de él. De nada valdría hacer ni decir nada más a partir de entonces. Hacer o decir sólo sería eso: un padre que habla y dice, poco más. Y tú ibas a querer obedecerlo o desobedecerlo, cuidarlo o que él te cuidara, con miedo de que se muriera o con vergüenza de lo que él hiciera. Y ya no tenía sentido insistir: él tendría que encontrar su camino y tú el tuyo. Eso era lo que pensaba Teo cuando apenas tenías once años. Ni siquiera habías empezado la adolescencia y él ya te estaba dejando a tu suerte. Decía que no podía cargar más contigo, que a tus once años ya no necesitabas sus historias y que tampoco eras un muchacho normal y corriente, que de frente pedías la bendición y por detrás hacías lo que mejor te parecía. Decía que eras diferente por su culpa, porque te había enseñado a exigir las cosas de frente, sin engaños ni hipocresía, hablando y discutiendo, obrando bien, sin hacer nada malo, nada malo para ti, para tu conciencia. Decía esas cosas con un orgullo involuntario; se lo oía cansado.

«He hecho lo mismo que hicieron con nosotros, Raul: he puesto a Benjamim a luchar contra el mundo, no he dejado que el mundo se instale en él con calma y con tiempo. Me he equivocado justo en lo más importante; no he conseguido inculcarle la serenidad de Leninha porque la serenidad no está en mi forma de ser. Llegué a pensar que había alcanzado ese estado sereno o que al menos había logrado desarrollar en mí y en él la capacidad de mirar sin prejuicios, sin agonías, la capacidad de limitarnos a ver y escuchar para después reflexionar. Tener ojos y oídos, y ya, el tacto también, sentir la humedad del día, las briznas de hierba. ¿Te acuerdas de Jequitinhonha? En aquella época me estaba formando y me iba bien; creía que lo había conseguido. Pero no. Nada de nada, no; eso no era para mí. Puesto que las cosas son como son, de acuerdo, que así sea, que Benjamim siga su camino y yo el mío. Él es fuerte, lo soportará todo mejor junto a mi madre, junto a Leonor, al lado de quien sabe mejor lo que yo ya olvidé. Ahora, sea como sea, quiero volver a sentir en carne propia la pasión por entender con la cabeza y quiero desear de nuevo con furia.»

Traía a unas chicas muy jóvenes a casa, un día a una, otro día a otra, jovencitas *neohippies* de quince o dieciséis años, muchachas medio locas, a decir verdad, parecidas a él en aquella época. Teo se ponía fanfarrón con ellas; su memoria seguía siendo extraordinaria, hablaba de los grupos de los setenta y los ochenta, de algunos amigos nuestros que acabaron siendo estrellas del pop. Ellas lo miraban extasiadas. Contaba siempre las mismas historias, los mismos detalles, se reía y se emocionaba exactamente con las mismas frases y parecía sincero, no lo hacía por cálculo: era por mera tontería, como si todavía fuera un adolescente, una cosa estúpida.

La calle, las magulladuras, las chicas, las peleas, las peroratas, las teorías descabelladas, la mugre, la música a todo trapo: ya no aguantaba más. Nunca sabía qué registro emplear para comunicarme con él, si estaba hablando con un niño, con un adolescente o con un tipo de mi edad, un tipo de treinta años. Y él, preso de su locura, me manipulaba, me tocaba las narices, me pedía dinero prestado, se ponía mi ropa sin pedir permiso con unos modos juveniles que ya no tenían cabida entre nosotros. A ratos me olvidaba de que estaba tratando con un loco y yo mismo me empezaba a enloquecer. Ya no podía más. Lo soportaba porque se me había metido en la cabeza que era mi obligación, porque tardé en comprender que no había manera de ayudarlo; cada día se volvía más irresponsable y delirante, y mi dedicación sólo conseguía empeorarlo todo, alteraba, aún más si cabe, su percepción de la realidad.

Cuando regresó Carmem, mi lúcida mujer, psicoanalista perfectamente sensata, la mujer que me explica lo que soy y lo que hago, pues bien, esa mujer llegó y perdió la cabeza en el acto. No tenía que haber llegado a mediados de julio. Se había ido a pasar un mes en casa de sus padres, en Campos do Jordão, y yo me quedé aquí por trabajo. Pero Carmem estaba embarazada, me echaba de menos, quería estar cerca de mí y del médico, quería ir preparando las cosas del bebé, en fin, una mierda.

Una noche llamó diciendo que llegaría al día siguiente. Entonces yo trabajaba fijo en una agencia de publicidad; tenía una reunión importante y no podía estar aquí para recibirla. Teo no estaba en casa, había pasado la noche fuera. Ordené un poco su habitación, metí todas sus porquerías en la maleta y salí temprano para irme al trabajo. Cuando Carmem llegó, se dio de bruces con un reguero de vómitos por toda la casa, Teo con la música a todo volumen en su cuarto y una chica que salió bailando en pelotas a buscar no sé qué en la cocina. No me enteré de la escena hasta unos días después. A la una de la tarde, cuando volví a casa, la empleada ya había limpiado todo, la chica ya no estaba allí, Teo dormía y Carmem lloraba en nuestro dormitorio. Llegó a decirme que quería mudarse a otra casa, que no podríamos tener a nuestro hijo aquí. Habló de los fantasmas de la locura y la depravación que se quedarían para siempre pegados en las paredes de la habitación del niño, cosas del estilo de las que tu padre decía en esa época. Fluidos, ondas, espíritus y todos esos disparates infernales. Dos locos bajo el mismo techo, conmigo en medio, era inviable, uno de ellos tendría que largarse de inmediato. Fue horrible ver a Carmem así.

Decidí que echaría a Teo ese mismo día. No había logrado localizar a Isabel; imaginé que estaría fuera de la ciudad. Ella no había telefoneado ni una sola vez, cosa que no me molestó, pero había llegado la hora de que Teo volviera a su casa, o sea, a casa de Isabel. Leonor estaba de viaje y yo no podía ponerlo de patitas en la calle sin más. Tuvimos que convivir los tres juntos unos días más. Carmem seguía muy sensible, no podía siquiera dirigirle la palabra a Teodoro y evitaba cruzarse con él. Él percibió el mal ambiente, dejó de escupir, se bañaba, fue volviéndose taciturno, con un aire de culpa constante y empezó a eclipsarse. Pasaba mucho tiempo fuera de casa, volvía limpio y todavía más silencioso. Un perro grande que sin querer ha mordido a su amo y se lleva una buena bronca, que anda con el rabo entre las piernas, casi arrastrándose por el suelo. Me partía el corazón ver a Teodoro así, mucho más que verlo todo inmundo y frenético. Ya no andaba por ahí con los sintecho ni con chicas; salía de casa y se pasaba el día entero sentado en la acera, dos calles más allá, callado y sin hacer nada. Un día, a la vuelta del trabajo, lo vi y hasta ese momento no me di cuenta de que llevaba días allí sentado. Detuve el coche y me senté a su lado. Fue nuestra última conversación antes de que lo internaran.

Me dijo que prefería quedarse allí porque, si empezaba a caminar, se ensuciaría y su olor a sudor incomodaría a Carmem, así que lo mejor sería estarse quieto a la sombra para evitar hacerle más daño. «Necesito recuperar mi buen olfato para sentir mi olor y saber si es fuerte; necesito oír la altura de mi voz. No sé si algún día podré hacerlo de nuevo.» Fuimos a una panadería por allí cerca; se estaba muriendo de hambre. Desde la llegada de Carmem había dejado de comer en casa conmigo; decía que había comido afuera. Pero no tenía dinero, a duras penas algo de ropa. La poca que se había traído se la había regalado a sus amigos en la calle. Yo estaba preocupado por Carmem y sentía que Isabel se estaba escaqueando. Me atormentaba pensar en el hambre y en la culpa de tu padre. Se tragó tres sándwiches de queso y bebió mucha agua. Dijo que los olores del jamón, la mortadela o el salami eran más persistentes que el del queso, y que ya no bebería más alcohol, que sólo de pensar en una cerveza le daba asco. «Quiero llegar a ser un hombre sin olor, sin voz y sin volumen.» Aun sin querer, hasta refiriéndose a su desaparición, Teodoro necesitaba hablar mucho. Y habló lentamente, en voz baja.

«Me ha venido bien estar sentado en la acera estos días, sin decir nada y sin comer. Me he acordado de cosas extrañas. Yo de pequeño, con seis años, detrás de las rejas de la escuela vacía, observando el movimiento de la calle, los coches, la gente, los perros. Una amiga de mi madre mandaba a su chófer para recoger a sus hijos y también me llevaba a mí y a otros amigos; metía a doce niños en una camioneta y los iba dejando en sus casas. Un día se olvidó de mí. Mi madre siempre contaba esa historia, pero yo nunca la había retenido en la memoria. Mi madre decía que se preocupó mucho cuando los otros niños llegaron y ella notó mi falta. Al llegar a la escuela, vio mi carita pegada a las rejas. Recordaba bien mi sonrisa cuando la vi y se le hacía un nudo en la garganta. Me gustaba oírla contar esa historia, imaginar mi rostro de niño de seis años detrás de las rejas y su llegada, pensar en el sentimiento de salvación que debió de invadirme al ver la familiar imagen de las piernas de mi madre.»

»Allí, sentado en la acera, solo, a la sombra de un lapacho en flor, me vino el recuerdo verdadero. La escuela vacía, sólo Conceição y yo; ella barriendo el patio, el edificio entero. Sólo nosotros dos allí. Yo subiendo y bajando por las escaleras, entrando en las aulas, abriendo los cajones y las taquillas, entrando en el despacho de la directora, sentándome en su silla, jugando en las porterías vacías y, finalmente, con la cara pegada a las rejas, mirando la calle. Algo mágico había sucedido y el mundo de pronto era completamente diferente; entonces supe algo que casi nadie más sabía, era el dueño de ese secreto y no sabía qué hacer con él.

»Vi la escuela vacía, vi todo en un tiempo diferente, vi la calle de la escuela sin esperar nada, vi a Conceição barrer el suelo de la escuela como quien barre una casa, una casa cualquiera que sigue existiendo sin sus moradores. Descubrir que las cosas seguían iguales sin nuestra presencia fue algo formidable. Ver las piernas de mi madre al otro lado de las rejas, ver las piernas de una mujer que eran las piernas de mi madre, alzar la mirada y ver su rostro de preocupación. Me hizo bien sentir que mi madre, una mujer, también formaba parte de aquel mundo paralelo. Regresamos a casa en su coche, ella vestida con una ropa muy bonita, colorida, una falda corta, el pelo bien recogido; quizá acababa de llegar de un almuerzo, pues no era su ropa de trabajo, la de la facultad, y llevaba los labios pintados de rojo. Conducía rumbo a casa y a veces se giraba hacia el asiento trasero para verme, me sonreía y me apretaba suavemente la pierna para hacerme un cariño.

»Volver a casa con ella, hacer el mismo camino de todos los días, pero en el *escarabajo* de mi madre, los dos solos y ella con un perfume que nada más se ponía a veces por las noches, el mismo camino completamente diferente a causa de todos esos cambios, diferente hasta por la hora del día y por mi apetito, eso fue la confirmación de haber alcanzado un nuevo conocimiento del mundo.

»Las cosas eran lo que uno ve, pero había también otras que uno podía captar si sabía cómo mirarlas cuando éstas se dejaban ver. La marihuana, el alcohol, luego una vida tan diferente en Minas, el esfuerzo físico y la convivencia con una lengua y una mentalidad que no eran las mías, todo eso me hizo pensar que aquél era un estado de la sensibilidad que cualquiera puede experimentar cuando está expuesto a algo ajeno a su vida cotidiana. No era una característica del mundo, sino de la percepción humana. Pero ahora, sentado en la acera, he comprendido que no.

»Estos días debajo del lapacho, en medio de la acera, cubierta de flores amarillas, me he dado cuenta de que no es sólo eso. Con las flores, el hambre, el silencio, en una acera como cualquier otra, nada anormal, la misma hambre, el mismo lugar normal de la escuela cuando tenía seis años, he comprendido que lo que viví aquella vez y otras tantas veces no fue una mera percepción diferente. El edificio de una escuela vacía es, de hecho, complemente diferente al de una escuela llena, no sólo difiere la manera en que lo percibimos, sino el propio edificio, los ladrillos, el color de las paredes, la cualidad del sonido dentro de las aulas. Sigo allí dentro, oigo mis pasos; a la altura de mis ojos de niño veo el tamaño de los pupitres, el color de la pared en mis ojos castaños, y lo que veo es la misma escuela y en ese instante soy yo mismo.

»La gente quiere tener control sobre esas alteraciones o al menos sobre la materia que permanece estable después de un cambio en la mirada. Creo que eso fue lo que buscaba en el campo, en la sierra, en las calles, en los animales, en la muerte, en mi hijo, en los pobres. Escribí cuentos y compuse canciones. Me gustó escribir y componer, pero mi pretensión me daba vergüenza, la pretensión del arte en general. En mi memoria todavía escucho a Vanda contar historias, Vanda, una masa negra sentada en la orilla de mi cama; Leonor y yo, pequeñitos, juntos para aguantar el miedo que ella sabía transmitir con su voz; recuerdo sus palabras, sus pausas, y cuando escribía y componía sabía que era el ritmo de su voz lo que me impulsaba y me arrastraba. Mis cuentos, mis poemas y mis canciones salieron de Vanda, de la Biblia, de don Néstor, de Zezé da Catingueira, de Brinco, de Fátima Giló, de la tierra de São Paulo, de Jequitinhonha y de Cipó, del polvo de una calle cualquiera. Mis textos y mi música venían de todo eso, pero no eran anónimos ni eran fruto del barro de la tierra de nadie, eran míos y eso me avergonzaba.

»No escribí sobre las cosas que me sucedieron. La biografía, la crónica y la filosofía nunca me interesaron; quería crear algo nuevo y único, no quería nada más.»

Sé que no fui yo quien mató a tu padre, nadie tiene la culpa, ni siquiera él mismo. Le hablé a gritos a Isabel, lo eché de mi casa. Teo se quedó sentado en ese sofá, esperando a su madre y se marchó sin decir nada. Después de la charla que tuvimos en la panadería, dejó de hablar del todo, se quedó mudo, ni siquiera le dirigió la palabra a Isabel cuando vino, tan simpática y sonriente, a mi casa. Teo se levantó, me dio una palmadita en la espalda como dándome fuerzas para el resto de la vida, como diciendo: has pasado un mal trago, pero ahora todo irá bien, ánimo.

Después de que lo echara de casa, al cabo de dos o tres días, tu padre rompió todo en la casa de tu abuela. Hizo añicos la televisión y los cuadros, y se cortó con los cristales de las ventanas rotas. Cuando llegué ya se había calmado. Isabel y Teo estaban cansados; Henrique, furioso, recogiendo los destrozos, enojado por la pusilanimidad de su madre. Yo apoyé a Isabel: estaba de acuerdo con ella en que era Teodoro quien tendría que resolver si quería que lo internaran o no. Le lavé los brazos a tu padre y le vendé las heridas con gasas limpias. Pensé, aliviado, que menos mal que no había tenido esa crisis en mi casa. Lo recordé todo aseadito en la acera, lo recordé sucio y borracho en la cuneta, y pensé que lo mejor sería que lo internaran o que se muriera. Teo tenía que elegir, tenía que volver a hablar, aunque fuera una sola vez. Pero ya no quería hablar.

Haroldo llegó con la ambulancia. A tu padre le pusieron una camisa de fuerza, cosa que no hacía falta porque ya se había tranquilizado. Nadie más dijo nada. Isabel observó todo en silencio; yo miré para otro lado. Una camisa de fuerza con argollas para un tipo tan cansado, tan vulnerable. La camisa de fuerza y la autoridad de Haroldo eran tan violentas como los cristales rotos del apartamento, fuerzas proporcionales, quizá, pero yo comprendía mejor la violencia del desorden.

Al día siguiente acompañé a tu abuela a la clínica. Teodoro y ella no sabían qué decir. O no había nada más que hablar.

223

Aquí vienen. Justo como ella lo quiso, sola, y ellos la creyeron, era cómodo para ellos creerla. De nada vale irritarse: ya se ha ido. Ahora sí vienen todos. Al menos tampoco se puede decir que lo hagan por la herencia, porque si algo quedó fueron deudas.

El último suspiro suena raro, como el estruendo de las torres gemelas desmoronándose, el momento exacto de lo que nunca más será. La palabra precisa es *expiración*, el último aire que sale de los pulmones.

Tuve miedo de que Flora quisiera velar a Isabel en casa, que tuviera una de sus ocurrencias. El primer Benjamim está enterrado en el cementerio de Consolação, por ironías de la vida en la misma tumba donde más adelante enterrarían a esos abuelos que nunca lo quisieron y muy lejos de su padre. Isabel decidió enterrar a Xavier en el cementerio, triste y sin gracia, de Morumbi. Quizá no se sintiera bien pensando en su propia tumba junto a la de sus suegros. Esa idea de separarse, de aislarse, de crear una familia nueva, el nuevo hombre, sin la mácula de lo viejo, de lo que nos antecedió.

Xavier tenía esa obsesión y se la transmitió a tu padre. A veces los veo como si fueran dos demagogos: uno abandonado por el pueblo y el otro devorado por el mismo pueblo. Reinventores del mundo, el único rastro que dejaron fue la nada. No encontraron otro modo de aislarse que perderse en medio de la gente, enfangarse en algo que no les correspondía. Tu padre fue aún más lejos y más rápido.

Bajemos a tomar un café en la panadería. Leonor está nerviosa; mejor alejarse de ella. Hay tiempo hasta que comience el velatorio; mejor que bebamos algo. Tenemos el día entero y la noche para velarla.

He tenido una idea medio loca por una de esas jugarretas que te hace la memoria. He pensado que tu padre no estuvo en el entierro de Xavier y que ahora, en el de su madre, otra vez sería el único hijo ausente. Ya lo estaba acusando sin recordar que tu padre ya está muerto. He hablado tanto de Teodoro en estos últimos días que, de algún modo, lo siento aún más vivo que a los otros tres hermanos. Viví su muerte muy de cerca; sé que Teodoro no era más que un joven confundido y que sufrió lo suyo; aun así, no consigo perdonarlo por lo que le hizo a Isabel.

Antes que hijo, Teo era un hombre adulto, y mi amiga, una mujer viuda. No importa quién es la madre y quién es el hijo: aquí hablamos de relaciones entre hombres y mujeres, entre jóvenes y viejos.

Yo sólo traté de defender a mi amiga de la furia de un hombre fuera de control. A diferencia de tu bisabuela, doña Silvia, Isabel no tenía marido y no supo cómo salvaguardar su cordura y la de su mundo de la locura de tu padre. Probablemente porque su mundo, quizá nuestro mundo, ya no sea tan ordenado como el de doña Silvia. O quizá porque hoy no somos capaces de ver con claridad qué orden rige el mundo, no sé. En el pasado sabíamos lo que queríamos reformar y hasta destruir, pero hoy ¿qué es lo que debemos conservar?, ¿qué orden hemos de defender? El orden del trabajo, ciertamente, y también, como mínimo, el orden natural de las cosas, un orden en virtud del cual un hombre no ataca a una mujer.

No estoy empleando la táctica del avestruz, como hacía doña Silvia, ni tampoco digo que la locura de Teodoro fuera un mero traspié. Sé que no tenía conciencia de lo que hacía; era un hombre enfermo. Pero también sé que ni Isabel ni nadie en esa familia tuvieron el discernimiento necesario para ver que existe un mundo, un orden y nuestra historia que preservar, que no estamos hechos de unas culpas que hemos de eximir a cada rapto de locura de un hijo ni a cada agresión de un pobre. Isabel y Xavier, con su necesidad de ser permeables a todo, con la voluntad de exponerse a los riesgos más diversos, un deseo de vivir peligrosamente y al filo del abismo, se creían inmunes a la destrucción de la locura y la miseria. O imaginaban que la locura y la miseria no llevan consigo la capacidad de destruir todo aquello que encuentran a su paso. Se sentían tan especiales y superiores que podían permitirse jugar a ser pobres y locos.

Xavier y Teodoro, por erótica, adrenalina o aburrimiento, optaron por el contacto con las clases bajas. Xavier al menos tenía su teatro, algo que interponer entre él y la gente obrera. En el mundo de nuestra juventud la clase baja trabajaba: eran camareros o empleados de una fábrica, y tenían dinero al menos para pagar el autobús. O bien vivían en los rincones más alejados del país: eran campesinos, jornaleros, vaqueros, gentes del mar o del desierto. Yo iba con Xavier a la hacienda de sus abuelos, recorríamos los montes y las llanuras con los vaqueros, íbamos a bailar al club de la colonia y regresábamos llenos de vigor. Casi alcanzábamos a conocer mejor Brasil y hasta las verdades de la gente sencilla, el arte popular, el saber de la tierra, pero no nuestra propia verdad, no una explicación para nuestra historia y nuestro mundo. Casi alcanzábamos a vivir aventuras viriles y primitivas: el galope a caballo, la *cachaça* alrededor de la hoguera, las jovencitas vírgenes. Luego volvíamos a la civilización. Pero Xavier no: él quería olvidarse de quien era, quería una transformación profunda, una verdad absoluta. Ellos, los hombres sencillos, nunca olvidaban quién era Xavier. Por eso él siempre salía de allí revitalizado y fuerte, lleno de una energía nueva.

Es posible que Teodoro tuviera idénticos motivos, quién sabe. Por otro lado, pensándolo con honestidad, casi todo en la vida se explica por los mismos motivos. En los tiempos de Teodoro el pueblo ya era miserable, ya entonces había gente que vivía en las favelas, gente sin tierra, sin techo, sin historia y llena de rabia. Siempre supieron quién era Teodoro y por eso él volvió de allí tan débil y casi muerto.

La locura de tu padre exacerbó un deseo que él ya llevaba consigo, quizá desde antes de nacer, el mismo deseo que lo arrastró a Minas. Lo que quiero decir es que, si no hubiera enloquecido, su camino y su muerte de todos modos habrían sido iguales. No le bastaba entrar en contacto con el barro de nuestra tierra: quería transformarse en él. Las haciendas dejaron de existir y la tierra que quedó fue la de la ciudad, un lodo que destruye y se lleva por delante cualquier cosa, a ningún lugar. Fue allí, en aquel ningún lugar, donde él quiso vivir, adonde huyó y donde eligió morir.

Dos veces tuve que internarlo. Asumí la responsabilidad. Dos veces él se escapó. La primera vez, Isabel me llamó para que la ayudara a controlar uno de sus arrebatos; estaba asustada del ruido de los cristales y los objetos rotos, la fuerza y la rabia de tu padre. Cuando llegué, el portero ya estaba allí, intentando sujetar a Teodoro. Entre los dos conseguimos derribarlo al suelo, pero él seguía gritando y forcejeando. Tuve que abofetearlo. Sólo entonces se calmó y dejó de oponer resistencia.

Henrique llegó y se quedó a cargo de controlarlo mientras yo iba a buscar el mejor sitio para internarlo. Pero antes tuve que convencer a Isabel de que no había más remedio, que eso sería lo mejor para Teo. Entonces llegó el tal Raul, que se puso del lado de Isabel y dijo que sólo Teodoro podría tomar esa decisión. Un imbécil. Me dieron ganas de abofetearlo también a él. Si Isabel no hubiera estado presente, lo habría hecho. Y no por un arrebato, sino por pura convicción. ¿Acaso no veía en qué estado se encontraba Isabel, que estaba temblando toda? ¿Acaso no veía el terror de la pobre mujer ante la posibilidad de que su hijo se matara o, peor aún, cosa que ella no confesaba pero era evidente, ante la posibilidad de que Teo la matara a ella? ¿No se daba cuenta de que, en semejante situación, ella era incapaz de pensar con claridad? Y encima aparecía ese idiota que la apoyaba en su indecisión y su culpa. ¿Y qué era esa indecisión sino mera contumacia? Un impulso de ahondar más el abismo al que una fuerza los había arrojado, una fuerza que había derrumbado a Teodoro. ¿Cómo exigirle que en aquel estado eligiera si quería o no ser libre? ¿Cómo exigirle lucidez? Henrique hizo entrar a su madre en razón, le mostró que internar a Teodoro sería la única manera de ayudarlo a recuperar su capacidad de decisión, supo hablarle en sus propios términos y al final Isabel aceptó.

La segunda vez que Teodoro se escapó de la clínica –saltó por una ventana de la segunda planta y acabó con heridas de la cabeza a los pies– pensé que era un caso perdido. Quizá Isabel tuviera razón. Había sido su decisión, el camino que él había elegido mucho antes, cuando se marchó de casa. Aquella vez fue Elenir, tu madre, quien lo salvó. Pero en el camino de tu padre ya no habría otra mujer igual. Quien lo libró de sí mismo, de su sed de abismo, fuiste tú, Benjamim. Un bebé, un hijo es siempre una alegría tan extraordinaria que cualquier hombre recobra la voluntad y la vitalidad. Elenir murió y tú creciste.

Después de aquella segunda fuga no teníamos idea de su paradero y mi opinión era que no debíamos buscarlo más. Si en las clínicas eran incapaces de controlarlo, si él tenía la iniciativa y la inteligencia suficientes para huir, entonces que usara sus talentos para sobrevivir. Isabel cambiaba de opinión a cada rato. A veces decía que Teo tenía que decidir por sí solo, que debía tener la libertad incluso para morir y demás, pero a la hora de la verdad ella reculaba, le entraba la angustia, llamaba a los hospitales, salía a la calle a buscarlo. Un cura amigo de los viejos tiempos logró localizarlo en una favela. Teodoro se quedó a vivir allí, construyó una casucha a la orilla del río Pinheiros y se dedicó a enseñarles a leer y a escribir a los analfabetos.

Ya no lo vi más, no hasta que lo hospitalizaran y muriera a los pocos días. Estuvo horas metido en el agua contaminada y, como ya estaba tan débil, agarró algún tipo de infección severa. Se trató con infusiones de hierbas. Sospecho que quería morirse allí. Durante sus visitas a la favela, Isabel se hizo amiga de un hombre —mucho más sensato que tu padre— que le prometió que cuidaría de Teo. Fue aquel hombre quien lo llevó al hospital.

No sé lo que te habrán contado. Te recuerdo en el apartamento, encerrado en tu cuarto, estudiando. Creo que nunca acompañaste a tu abuela en sus escasas visitas a la favela. Ella iba con cuadernos, bolígrafos, lápices para los alumnos de Teodoro. También le llevó unos libros de métodos de alfabetización para adultos, intentó colaborar, apoyar a su hijo, hasta que se dio cuenta de la mentira. «Teo no quiere ser un buen maestro; no le preocupa que esa gente lea y escriba bien. Creo que su intención es convertirse en un santo. Los ayuda a reparar sus chabolas, les enseña cómo hacerlo, pero a la vez dice que ellos ya saben y que es él quien tiene que aprender. Habla de ser generoso con los niños y lo importante que es escuchar con atención lo que dicen. Habla indignado sobre la violencia de la que ha sido testigo, de las historias de abusos que ha oído; se ha convertido en una persona intolerante. Ya no le interesa nada que no sea su favela y le parece raro que no todo el mundo sea como él. Apenas come, duerme poco, las goteras le mojan la cama, no arregla su propia casucha y está muy delgado. Prefiero no volver allí; ni él quiere ni yo tampoco. Sabe que puede volver a casa cuando quiera. Dice que quiere que la gente aprenda a pensar con la cabeza y tenga ideas propias. Pero ¿dónde está su cabeza? ¿Dónde quedó esa inteligencia inquieta? Enseña lo que no sabe, exige de los demás lo que no pueden darle. Y esa gente tiene tanta hambre, todos ellos, hambre de todo, de cosas que Teo podría enseñarles, a leer, a escribir. Teo, en cambio, tiene hambre del hambre de esa gente. Y ellos no tienen nada más importante que esa hambre, eso es lo que los salva, dice él. Y dice que con dedicación los va a ayudar a comprender que son personas capaces, personas adorables porque él las ama; yo creo que quizá no lo necesitan a él para saberlo: lo necesitan para aprender a leer y escribir. Ese Teodoro bueno no es más que la encarnación de una figura antigua que siempre ha existido, el lugar vacío y universal donde los demás entran y se sienten bien.»

Volví a encontrarme con Isabel. No, nada de amoríos, a pesar de que ella siempre supo que era la mujer de mi vida, incluso durante el reinado de Xavier, el loco. Ella fingía no darse cuenta, pero se sentía halagada con lo que ella calificaba de *ocurrencias*. No sé si siempre estuve enamorado de ella. De hecho, no me importó durante años, pero siempre que volvía a verla me quedaba pensando en la suerte de Xavier y en la necedad de Isabel por haberse casado con él, y no conmigo.

Nunca logré que me quisiera de verdad. No supe comprender su alma. Quise protegerla de ella misma, ampararla en su fragilidad y hasta estos últimos días, en la víspera de su muerte y con mucha dificultad, no he podido comprenderla. Isabel no quería sosiego y tal vez yo no tuviera otra cosa que ofrecerle. Ella no quería llegar a ningún lugar, ni ganar, ni perder. Yo no entendí nada y, si hubiera entendido, ¿de qué me habría servido? ¿Habría renunciado a ella? Sé que no. Ahora que ha muerto sé más sobre ella. La amaba. Se acabó. Se acabó la posibilidad, se acabó la imposibilidad. Se acabó todo. Siempre supe cómo proveer, cómo resolver; siempre fui capaz de descubrir un sistema dentro del caos, decidir los objetivos y la estrategia. Quizá por eso me sintiera tan atraído por Isabel. Ella era mi caos particular, algo que debía ser domesticado, la chica de buena familia que yo sabría llevar de vuelta a casa. Pero ella nunca tuvo una casa a la que regresar.

Isabel murió a las seis de la tarde en São Paulo en la habitación verde del hospital Severo Pinto, fundado por su difunto suegro. A las cuatro entró en coma. Avisaron a sus hijos y sus nietos. A las cinco y media ya estaban todos alrededor de Isabel; media hora después su corazón dejó de funcionar. Su nieto Benjamim y su hija Leonor la acompañaron en sus últimos instantes de lucidez. Leonor llegó directamente desde el aeropuerto; Renata dejó a su madre en el hospital y tuvo que marcharse al trabajo. Nadie sabía que aquél sería el último día. Isabel había luchado con tenacidad y siempre había defraudado las previsiones anteriores. Sin embargo, desde que aceptó la morfina, su resistencia fue cediendo y ya no se oponía a la muerte.

Leonor entró con ojeras en la habitación por no haber dormido en el avión. «¿Qué tal el concierto?», le preguntó Isabel de repente, sin darle tiempo a saludar o, mejor, para impedir cualquier saludo y ahorrarle así el susto a su hija, ahorrarle la visión de su estado cadavérico y su aspecto demacrado. «¿Qué tal el concierto? ¿Ovación en París?» Leonor sonrió, ahuyentó el pánico de su rostro, besó la piel reseca y el rostro marchito de Isabel, y le respondió risueña: «*Oui, maman, pas mal, vraiment pas mal*». Isabel cerró los ojos: lo peor ya había pasado. Una vez más se había anticipado a su interlocutor. No estuvo nada mal eso de terminar su vida con una pregunta, siempre elegante, elegante hasta el final. *Pas mal*. Cerró los ojos y se fue. Su cuerpo tardó unas horas más en seguirla.

Flora lloró y fue a preparar la sala para el velatorio con su hija, Laura, y con una amiga de ésta que era florista. Henrique apretó los ojos y los puños, relajó los puños, abrió los ojos, se acercó al cuerpo de su madre, le besó en la frente con delicadeza, le atusó las pocas canas que le quedaban, le acarició el rostro, todavía tibio, y se marchó al cementerio con su hijo para encargarse de los preparativos del entierro. Iba por la mitad del corredor cuando se dio la vuelta de repente, abrió la puerta de la habitación y, sin llegar a entrar, le dijo a Leonor: «¿Tú crees que todavía tiene esa camisa de seda estampada con ondas de colores? Me parece que le habría gustado que la enterraran con esa blusa». Siguió andando por el corredor con su hijo, saludó al doctor Marcelo, el médico amigo de su madre, intercambiaron algunas palabras de tristeza y cada uno siguió su camino. Aun sabiendo que el ruido molestaba a los enfermos, aun siendo como era en su vida diaria un hombre discreto, Henrique pisaba fuerte; el repiqueteo de sus zapatos en las baldosas calmaba un poco las palpitaciones desacompasadas de su corazón.

Henrique arrancó el coche, se puso el cinturón de seguridad y se quedó quieto, con ambas manos en el volante. Tenía puesto un traje azul un poco viejo, una camisa blanca con el cuello abierto y una corbata arrugada en el bolsillo. A su lado, su hijo vestía un traje gris claro de corte moderno y una corbata granate con rombos de color naranja vivo. Su abuela Isabel ciertamente no aprobaría esa ocurrencia de figurín de mezclar el naranja tipo años sesenta con el severo y clásico tono burdeos. Hasta podría suponerse que Fábio había elegido precisamente esa corbata para enfatizar su capitalismo alegre frente a las críticas de su abuela, quien, moribunda y todo, seguía siendo una tirana. Podría haber sido ése el caso, pero ese día Fábio no había pensado en su abuela. Al ponerse la corbata, pensó en la chica de pelo rosa del departamento de marketing institucional.

Fábio se puso el cinturón de seguridad y se quedó mirando a su padre, que seguía inmóvil, aturdido, incapaz de ver que el motor ya estaba encendido y que tenía que poner la marcha atrás para maniobrar y salir de allí. Fábio quería decir algo, estaba conmovido por el estado de su padre, pero no se le ocurría nada sobre su abuela, sobre esa muerte que tanto entristecía a Henrique.

–Nunca le caí bien. –Eso fue lo único que pudo decir.

Henrique se rio, dio marcha atrás, maniobró y puso primera. Le entregó el ticket al muchacho de la garita del aparcamiento y continuaron rumbo al cementerio.

—Es cierto. Pero eso no quiere decir nada.

Se quedaron en silencio unos minutos. São Paulo estaba fría y soleada; las calles, abarrotadas, como de costumbre. Dentro del coche, Henrique y Fábio vestidos de traje, día de trabajo, fin de la jornada laboral, hora de volver a casa y ellos, padre e hijo rumbo al cementerio, juntos en esa suspensión del tiempo que tanto le gustaba a Teodoro, cuando el mundo cotidiano se vuelve extraño. São Paulo, calles y coches, el comienzo de la primavera, una jovencita cruza a la otra acera, Isabel que ya no existe más. Dentro de esa burbuja de tiempo, un entretiempo previo a la consolidación de la muerte de la abuela y de la madre en la vida de los dos, Fábio dice cosas que no sabía que le importaban.

—A mí tampoco me caía bien. Cuando era niño quizá sí me caía bien, pero hace ya mucho que no.

—Eres un digno nieto de mi madre. Vanidoso en tu sinceridad, pasos de elefante: tum, tum, tum.

Henrique guardó silencio. No estaba enfadado. Fábio lo sabía, pero era mejor no decir nada más. Su padre tenía un sentido de la orientación casi nulo y, si seguían conversando, lo más probable es que se perdieran todavía más. Mejor no añadir nada.

La amiga de Flora trajo unas flores exóticas y otras de un excesivo olor dulzón. Laura entró a la sala con tres jarrones que colocó con la ayuda del personal de la clínica y se detuvo para husmear, como un perrito desconfiado. Era una chica morena, como su abuela, con un cuerpo bien contorneado gracias al gimnasio y las buenas curvas que le dio la naturaleza. Laura ayudó a preparar la sala para el velatorio de su abuela con el vientre al aire y un gran escote que dejaba entrever sus hermosos pechos. En el cuello llevaba una cadena con un pequeño crucifijo de oro. Flora, que ya estaba muy sensible, se emocionó aún más al ver a su hija en medio de la sala, tan guapa y exuberante, tan opuesta a la muerte. Laura puso los jarrones sobre una mesa y, haciendo una mueca infantil, se quejó:

–Qué olor tan fuerte. Va a dejar atontado a todo el mundo.

Su amiga florista respondió con falsa distracción y cierto tono provocador que irritó a Flora:

–El olor del cadáver empeora con el paso de las horas. Por eso elegí ésas. Los dos olores se mezclan y la gente cree que el mareo viene sólo de las flores. No es tan terrible.

Flora llevó a Laura a la calle y empezó a recoger de las aceras las flores amarillas de las tipuanas y las de color lila de los jacarandás, avergonzando a su hija, que, por más que quisiera a su madre y fuera consciente del momento por el que estaba pasando, encontró un poco exagerado eso de agacharse frente al hospital a recoger pétalos de flores ya medio sucios, así que se sentó discretamente en el muro, se encendió un cigarrillo y miró a otro lado. Agachada en el suelo, ajena al estrépito de los autobuses y los coches que pasaban con el tubo de escape roto, Flora continuó con su triste y distraída recolección de pétalos acordándose de la época en que el mundo parecía inusitado y todo era posible, cuando su madre iba a buscarla de madrugada a los ensayos. Hacía mucho tiempo que su camino y el de su madre se habían separado y le dolió volver a comprobarlo en ese momento.

Dentro de la habitación, Leonor y Renata, con la ayuda de las enfermeras, limpiaron el cuerpo de Isabel. Era tremendamente feo ese cuerpo desnudo y el modo brusco en que las enfermeras trataban a quien, al fin y al cabo, seguía siendo una madre y una abuela. Leonor mandó a Renata a buscar a casa de Isabel aquella camisa de ondas coloridas, la de la década de los sesenta, la de la infancia de todos ellos, cuando su madre era una mujer guapa. Quedaría medio disfrazada con los colores de esa juventud y esa alegría que desde hacía muchos años ya no formaban parte de su vida, pero, pensó Leonor, el entierro es para nosotros, no para ella, podemos elegir a la madre de la que queremos despedirnos, Henrique tiene razón.

Todavía vistiendo la ropa con la que había salido de París, casi la misma con la que recibió los aplausos de su concierto, *pas mal, maman, pas mal*, Leonor, sin dar mayores explicaciones, les pidió a las enfermeras que la dejaran a solas con su madre y los pertrechos de limpieza.

240

–Recuerde que tiene que darse prisa. El cuerpo no tarda en ponerse rígido y ahí ya no se lo puede vestir: habría que desgarrarle la ropa toda y romperle los huesos.

Las dos mujeres salieron de la habitación. La más gorda, ya desde afuera, advirtió:

–Los algodones son muy importantes. No hace falta que le explique nada, pero créame, querida, póngale algodón en todos los orificios.

Dentro de la habitación, Leonor abrió las ventanas, atascadas. Empapó una toalla, humedeció un paño con unas gotas de la colonia que Isabel tuvo hasta el final junto a la cama y empezó a limpiar y perfumar el cuerpo. Inclinó un poco el tronco y vio las heridas y los cardenales en los distintos lugares donde la piel, fina y reseca, había estado apoyada en la cama. Para darle la vuelta al cuerpo de Isabel y limpiarle toda la espalda sin ocupar ambas manos, sin tener que soportar el peso en una sola, era necesario ponerla totalmente de costado de modo que se apoyara en un brazo. A pesar de lo delgada y liviana que era, aquello no dejaba de ser un cuerpo con brazos, piernas, huesos, algo difícil de manejar estando inerte. La falta de peso dificultaba más la tarea en lugar de agilizarla.

Leonor se esforzaba por olvidar que aquel cuerpo había dejado de ser Isabel mientras se veía obligada a ponerlo de costado, a tirar del brazo por debajo, a doblar la pierna de arriba y apoyarla en la cama para que soportara el peso. Se arrepintió de haber despachado a las enfermeras. Al pasar suavemente el paño perfumado por la espalda, evitó las heridas porque el alcohol del agua de colonia podría escocerle. Ya no hay manera de que le escueza, recordó, es sólo un cuerpo. Un escalofrío le atravesó la columna y las piernas le temblaron, pero siguió adelante, le limpió las heridas con el paño perfumado y volvió a ponerla de costado. Se inclinó sobre ella, le pasó el paño por las muñecas, por detrás de las orejas y la nuca; el collar de semillas africanas y plata se le enredó en el ralo cabello de su madre.

–Disculpa, mamá. Espera un poco. Voy a desenredarlo sin hacerte daño, quédate quieta.

Mientras desenganchaba el collar, empezó a llorar de rabia por su confusión. Consiguió separarse del cuerpo de su madre, se miró el collar y descubrió que se le habían quedado enredadas unas pocas canas de Isabel; una sensación de horror se le subió a la boca, corrió al baño, se lavó la cara con agua fría, respiró profundo varias veces.

Regresó a la habitación, cubrió con una sábana el cuerpo de Isabel, incluida la cara; pensó en lo frío que estaba el día y le puso también una manta, ya resignada a su confusión entre la vida y la muerte. Organizó las pocas pertenencias de Isabel que encontró esparcidas por allí: el agua de colonia, la crema para las manos, un libro, las pantuflas, el cepillo del pelo. El cepillo de dientes, los periódicos y las galletitas que le habían llevado las visitas, todo eso lo tiró a la basura. Una nube de gases salió del cuerpo de su madre. Leonor tembló de miedo y continuó con su labor.

Renata llegó con la ropa de su abuela. Después de ponerle unos pantalones anchos, Renata le levantó con delicadeza el torso para que su madre le abrochara el sostén y ya de paso le metiera el otro brazo en la camisa, la camisa de seda con amplias ondas de colores. En esa inclinación y torsión del cuerpo, todavía blando, el líquido que le quedaba dentro brotó a chorros, de color marrón.

–¡Mierda, mierda! Los malditos algodones, para eso eran –gritó Leonor con rabia.

El fuerte olor se apoderó de la habitación y de los cuerpos de las tres mujeres. Renata, del susto, soltó el torso de Isabel, que cayó en una posición insólita sobre el colchón, ahora inmundo, una posición del cuello y los hombros imposible para un cuerpo vivo. La nieta no vio la extraña postura de la cabeza de su abuela ni oyó el crujir de los huesos del cuello. Corrió al baño, se desvistió y abrió la ducha.

Leonor se quitó la camisa, sucia, y enderezó el cuerpo de su madre. Le colocó bien la cabeza y le cerró la boca atándole un pañuelo por debajo de la mandíbula. Lentamente y con mucho cuidado, fue sacando la sábana y el forro de plástico sucios de debajo del cuerpo, liviano, tan liviano como el de un bebé. El colchón no se había ensuciado gracias al forro. Tuvo que pasar una toalla bien mojada, luego otra seca y, finalmente, el paño perfumado por el rostro, el cuello y los hombros de Isabel, untados de mierda.

Ya estaba todo limpio otra vez. Al menos se ha quedado fresquita, pensó Leonor riéndose ahora de ese caos deliberado, podrá dormir tranquila.

Llevó la camisa de seda al baño para enjuagarle el cuello y la manga, que se habían ensuciado. Aprovechó para lavarse su propia ropa y la de su hija, tirada en el suelo, en el pequeño lavamanos. Nada que el agua y el jabón no pudieran remediar. Renata se frotaba el cuerpo en la ducha intentando quitarse el hedor a muerte y a habitación de hospital, que, en las últimas semanas, día tras día, la había impregnado. Se restregaba con el jabón y lloraba de rabia y cansancio. Leonor se quitó la ropa y se metió a la ducha junto a su hija. Despacio, las dos se abrazaron y se limpiaron mutuamente el cuerpo.

Benjamim se despidió de Haroldo y atravesó la calle en dirección al hospital bajo las gotas de otra de aquellas lluvias torrenciales de octubre. La ciudad se inundaría de nuevo; algunos perderían sus casas y otros se quedarían atrapados en el tráfico. Ya era noche cerrada cuando, empapado y exhausto, Benjamim entró en la habitación de su abuela. Pero ya estaba vacía. La recia lluvia entraba por una ventana que alguien, distraído, había olvidado cerrar.

ÍNDICE